16
ゴブリンスレイヤー
GOBLIN SLAYER!
anyone roll the dice.

「汚いぞ」
「気にしませんよ」

「……このくらいは、良いですよね？」
私は、勝手に幸せになるのだ。

Contents

GOBLIN SLAYER!
He does not let anyone roll the dice.

ゴブリンスレイヤー 16

蝸牛くも

ゴブリンスレイヤー

人物紹介

CHARACTER PROFILE

――守り、癒やし、救え。『地母神の三聖句』

女神官
Priestess

ゴブリンスレイヤーとコンビを組む少女。心優しい少女で、ゴブリンスレイヤーの無茶な行動に振り回されている。

――つまり俺は、奴らにとってのゴブリンだ。

ゴブリンスレイヤー
Goblin Slayer

辺境の街で活動している変わり者の冒険者。ゴブリン討伐だけで銀等級（序列三位）にまで上り詰めた稀有な存在。

――ペンも紙もなしに、どうして冒険ができようものか。

受付嬢
Guild Girl

冒険者ギルドで働く女性。ゴブリン退治を率先してこなすゴブリンスレイヤーにいつも助けられている。

――彼女にとって大事なのは、いつだって
天気と、家畜と、作物と、そして彼のことだ。

牛飼娘
Cow Girl

ゴブリンスレイヤーの寝泊まりする牧場で働く少女。ゴブリンスレイヤーの幼なじみ。

――無知なる者こそが幸福である。
知ることは最上の喜びなのだから。『エルフの格言』

妖精弓手《エルフ》
High Elf Archer

ゴブリンスレイヤーと冒険を共にするエルフの少女。野伏（レンジャー）を務める凄腕の弓使い。

己を鍛えて刃《やいば》で屠《ほふ》れ。血が出るならば、敵ではない。
——鋼の秘密、その一端

重戦士
Heavy Warrior

辺境の街の冒険者ギルドに所属する銀等級の冒険者。女騎士らと辺境最高の一党を組んでいる。

——竜とは逃げぬものなれば。

蜥蜴僧侶《リザードマン》
Lizard Priest

ゴブリンスレイヤーと冒険を共にする蜥蜴人の僧侶。

——宝石も金属も、磨く前は全て石塊。
物事を見た目で判断する鉱人は、この世におらぬ。

鉱人道士《ドワーフ》
Dwarf Shaman

ゴブリンスレイヤーと冒険を共にするドワーフの術師。

愛とは互いを見つめ合うことでは無い。
同じ行く手を共に見ることである。——ある詩人

剣の乙女
Sword Maiden

水の街の至高神の神殿の大司教。かつて魔神王と戦った金等級の冒険者でもある。

尊敬に値する敵を、明日の友とはしたくない。
少なくとも今日は。

槍使い
Lancer

辺境の街の冒険者ギルドに所属する銀等級の冒険者。

——神秘と愛は舌先から紡ぐほどに
解《ほつ》れるもの、況《いわん》や女の美しさをや。

魔女
Sorceress

辺境の街の冒険者ギルドに所属する銀等級の冒険者。

カバー・口絵　本文イラスト
神奈月昇

序章

「馬上槍《ナイトテイル》の練習台」

Goblin Slayer
He does not let anyone roll the dice

「最初の傷を無名の騎士に負わされた者は多いぞ。見かけに騙されるな！」

そんな野次と共に、観客らの朗《ほが》らかな笑い声がドッとその場を支配した。

無理もない事だろう。具足を身に着け乗騎に跨《またが》り、槍と盾を手にする二人の騎士。

かたや仔馬にさえ乗れる巨漢で、この庄《しょう》でも最も腕っぷしの強い、煙草《たばこ》農園の小倅《こせがれ》。

対するは驢馬《ろば》に跨った、中古と思わしきちぐはぐの鎧兜をつけた、ちっぽけな小娘。

親の決めた縁談を嫌がって飛び出した跳ねっ返りのじゃじゃ馬娘が、出戻ってきたのだ。

それが騎士を気取って馬上槍試合に飛び込んできたとなれば、笑われるのも当然のこと。

あれでは木製の騎士人形、槍と盾を持った練習用の標的の方がまだマシだ。

にたにたと嫌らしい笑みを浮かべる小倅の顔が、鉄兜《てつかぶと》の面頬《めんぼお》によって覆い隠される。

大方、少女を吹き飛ばし、自分のものにして、都へ向かう自分の姿を想像しているのだろう。

まったく心底勝手だ。彼女は激怒した。必ず、あの小倅をぶちのめさねばならぬと決意した。

「――ぶっ飛ばしてやる！」

「ぶっ飛ばさなくて良いんだっつってんだろ」

圃人《レーア》の少女が気炎《きえん》をあげる横で、驢馬に跨った彼女とさして背の変わらぬ少年が息を吐く。

もちろん圃人に比べれば背は高い。だが、只人《ヒューム》としてはひょろりとしていて痩《や》せっぽち。

彼は腰に帯びた飛棍《ブーメラン》を不慣れな様子で具合を直しながら、ぼやいた。

「お前、ルールわかってんのかよ?」

「わかってるけどもさあ……」

兜の庇《ひさし》を上げたまま、鎧を窮屈《きゅうくつ》そうにして圃人の少女剣士は友の方へと顔を向ける。

その表情に緊張の色はない。自然体。ただ、ひたすらにぷんすこと怒ってはいたけれど。

「ああいうの、ぶっ飛ばしてやるためにあたしは冒険者になったんだよ?」

「しなくて良いんだよ。落馬さえしなけりゃあ、こっちのもんだろ」

対する少年魔術師は、なんとも大層居心地が悪そうであった。

なにしろ「大きい人」だ。おまけに「魔術師」だ。

圃人の庄にそんな人物が訪れれば、それはもう当然のように注目の的になる。

子供たちには花火をせがまれ、大人たちからは奇異の目で見られ、煙草を勧められる。

傍《かたわ》らの少女との関係を邪推する者もいて、準備用の天幕から覗《のぞ》き魔を追い払うのは難儀した。

おまけに鎧が着れないキツイと騒ぐ彼女の装備を、手伝う羽目になるに至っては――……。

――ったく……!

少年は、種族と体軀《たいく》にしては豊満な、彼女の胸元の記憶を懸命《けんめい》に脳裏《のうり》から振り払って言った。

「落馬さえしなけりゃ良いんだ。それなら同点で、降りて剣の試合だろ?」

「ああ、つまり……」

にんまりと笑った少女が、兜の庇を降ろし、留め具をかけて言った。

「――剣なら余裕で勝てるって思ってくれてんだ?」

「……」

少年魔術師は押し黙った後、ひどくとんがった声で彼女に釘を刺す。

「いいから、走り出したら槍を鎧のかけ金に引っ掛けろよ。固定するのが重要なんだからな」

「はあい」と少女はくぐもった笑い声を上げた。「じゃ、ぶっ飛ばしてくるね!」

足踏みが響く。足踏みが響く。手拍子が鳴る。

足踏みが響く。足踏みが響く。手拍子が鳴る。

ある者は柵《さく》を叩き、ある者は鎧を叩き、槍の石突で地面を叩いて調子を取る。

讃えられるのは古《いにしえ》の森人《エルフ》の女王《クイーン》だ。

彼女から分け与えられた庭の土が、この庄の豊かな自然と実りをもたらしてくれている。

だがしかし、それよりも何よりも、観客たちの熱狂こそがこの音色《ねいろ》を奏でさせていた。

馬上槍試合《トーナメント》。

この四方世界《しほうせかい》、盤上の大地においても、これが盛り上がらぬ道理があるものか。

冒険、卓上遊戯、馬人《ケンタウロス》たちの競争に匹敵《ひってき》する、最大の娯楽のひとつ。

それはこの煙草農園と田畑に満ちた、穏やかな風土の圃人庄でも変わらない。

ましてや、この大会にかかっているのは都行きの切符である。

一生涯を村の中で過ごし、外へ赴《おもむ》く事さえない者の多い世の中、これは大変な権利だ。

大昔、国王に仕えた圃人の騎士の伝統になぞらえて、圃人庄にもその機会は与えられている。

圃人庄の者たちに只人の王国でいうところの騎士貴族はいなくとも、その機会があるのだ。

若者たちにとっては、夢のようなものだ。小倅でなくとも、少女にとっても、それは同じ。

見守る人々もいつかきっと、あるいはかつての自分、もしもの自分を思い描いて姿を重ねる。

いや、こんな長々と説明をする必要も、本来はないのだろう。

面白いのだ。

血湧き肉躍るのだ。

楽しいのだ。

ただそれだけで、人々が馬上槍試合に夢中になる理由としては、十分であろう!

そしてその熱狂が最高潮に達した瞬間、中央に立つ審判が境となる旗をざっと振り上げた。

「おおおおぉぉッ!!」

「はい、やあああああッ!!」

張り上げた鬨《とき》の声と共に、二人の騎士が愛馬——かたや驢馬だが——を勢い良く走らせた。

少女の跨《またが》る驢馬が拍車を受けて嘶《いなな》き、竿立ちになる一瞬。少年魔術師は歯を食いしばる。

だが瞬き一つすると、驢馬もまた馬場に土煙を上げて、敵目掛けて飛び出していく。

「行け……行けよ……ッ！」

馬上槍試合で用いられる槍は、もちろん本身の槍などではない。

見栄え良く砕けやすいように細工された、競技用の木製の槍だ。

しかしその分だけ重心を取るには長くなり、また片腕で支える以上は負担も増す。

「ッ、このぉ……ッ」

跳ねる鞍上《あんじょう》で、細腕で槍を引き上げて長柄を鎧の金具にかけるのに、少女は難儀する。

「はっはあッ！」

その間にも相手は悠々《ゆうゆう》と片腕で槍を持ち上げ、がっちりと金具に固定してしまう。

狙う場所は相手の盾か、胴、それか頭。確実に当てられるのは盾だが、落馬を狙うならば。

「……ッ」

派手に塗られた槍穂の先が少女の顔に向けられたが、少年魔術師はぐっと手を握り締める。

万一にも怪我はしないだろう。競技用の鎧は頑丈で分厚い。だがあれは中古の寄せ集めだ。

大丈夫のはず。行け、行け、行け。金具をかけろ。落馬だけはするな。落馬だけは。

がんがんと柵を叩きながら、とりとめのない思考が泡沫《ほうまつ》のように浮かんでは弾ける。

冒険でだってこんなに緊張はしない。見ているだけなのに。見ているだけだからか？

ああ、だが、くそ……！　行け、勝て、やれ、やれ……ッ！

「ら、あああ……ッ‼」

がちんと留め具に槍が固定される音がした、気がした。

だが次の瞬間に響き渡ったのは、互いの槍と槍とが双方の体に激突し、爆砕する轟音《ごうおん》。

派手に木片を撒き散らし、金属の鎧がひしゃげ、盾が吹き飛ぶ。

たとえ仔馬と驢馬といったって、その衝撃は防護なしでは即死したっておかしくはない。

本身の槍を持った騎士の突撃は、破城槌の一撃すら上回るほどの威力だというのだから。

わあ、っと歓声が上がる。ご婦人の悲鳴も上がる。鎧武者が崩れ落ちる音がする。

少年魔術師は顔を覆って溜息を吐いた。ああ、まったく。後でお説教だ。

「だから、ぶっ飛ばさなくて良いっつったろうが……！」

第１章『王都の休日』

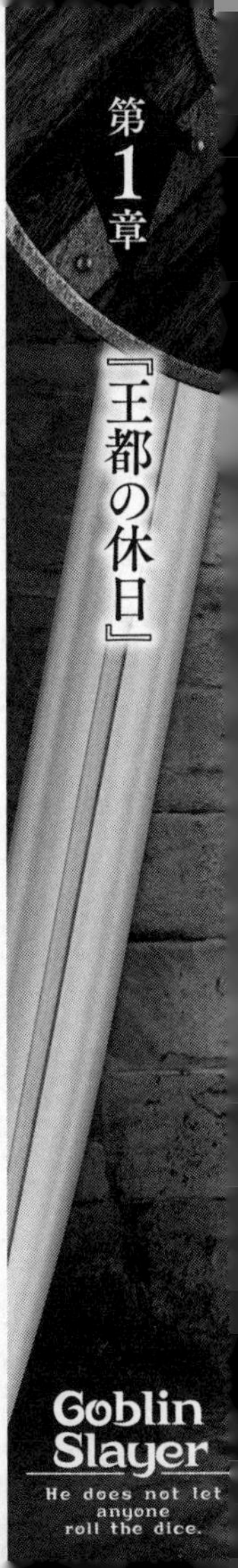
Goblin Slayer
He does not let anyone roll the dice.

「わ、あー……！」

彼女が目をきらきらと輝かせて声を上げたのは、妖精郷を訪れて以来の事だ。

つまり王都は彼女にとって、妖精郷に匹敵《ひってき》するほどの幻想の場所であった。

天高くそびえ立つ摩天楼《スカイスクレイパー》。敷き詰められた石畳。行き交う人々の豪華絢爛《ごうかけんらん》さ。

何もかもが輝いて見えるし、四方を見回しても広野が見えない。

目に入る自然といえば、やたらと高いところに切り抜かれた、青い空だけ。

その青空とて、絵の具を薄く薄く引き伸ばしていったような、霞《かす》んだ青だ。

水の街も都会に思えたけれど、これは——……。

「すごいねえ……！」

と、牛飼娘は他に形容する言葉を持たないのであった。

「ふふふ、慣れていると、そんなに気にならなくなるのですけれど」

とん、と。足音も軽快に隣へ並ぶのは、冒険者ギルドの受付嬢。

とは——言えないかもしれない。何しろ彼女が纏《まと》っているのは、上等なドレスなのだから。

もちろん、上等なというのは牛飼娘の視点の話。受付嬢にとっては、きっと私服に違いない。

なんと言ったって彼女は貴族のお姫様だ。牧場の娘である自分とは何もかもが違う。

比べるだけで、恥ずかしくもなるのだが――……。

「只人《ヒューム》の目から見たら、森人《エルフ》の里ってのもこんな風に映るのかしらね？」

上には上がいるという意味で、かえって牛飼娘は、そう見目《みめ》の落差を気にせずに済んでいた。

それこそ上《かみ》の森人の姫君を前にしては、他の只人の娘なんてみんな同列になるだろう。

旅装――冒険時と大差ない出《い》で立《た》ちで都の石畳を踏む彼女に、人々の視線が突き刺さる。

輝く星の瞳と透き通った緑の髪を持つハイエルフなぞ、王都の者だってそう見ることはない。

妖精弓手《エルフ》は、そうした好奇好色な視線の類《たぐい》をさらりと受け流し、ひくりと長耳を揺らす。

「変わってて、にぎやかで、珍しい。そんな感じ？　ま、狭っ苦しいのは頂けないけど」

「そらあ、森人からすりゃそうだろうよ」

などと妖精弓手に言い返す鉱人道士《ドワーフ》は、既にどこで買ったものか、手に串焼きを持っている。

こんがりと焼けた肉をかじりつつ、妖精弓手にわたすのは、人参を丸焼きにしたものらしい。

競技の流行から都に流れてくる馬人《ケンタウロス》やら愛好家が増え、この手の屋台も増えたのだろう。

「ありがと」と言いつつ、妖精弓手は遠慮なくかじりつき、野菜を頬張《ほおば》りにかかる。

それを横目に鉱人道士は指についた脂を舐め舐め、意地悪く目を細めた。

「森人のあれはおめえ、建物じゃねえものな。木の洞《うろ》に住んどるだけだもんよ」

「それって差別発言よね。ブンカのけーしってやつよ」

「言うとれ言うとれ。いずれ鉱人《ドワーフ》の都市っつーもんを見せてやるわい」

「それこそ穴倉じゃないの。同じ穴なら圃人《レーア》の家の方が、よっぽど居心地良さそう」

「あれもしっかり建築したもんだかんの。森人のそれとはモノが違わあ」

なにおう、と言い返す声に、反論する声。いつも通りの賑《にぎ》やかなやりとり。

だけどそんな二人の騒ぎさえ埋もれてしまうほどに、都の人出は凄まじいものがあった。

何処をどう見回しても人、人、人、人、人、人、人、人、だ。

色取り取りの衣服を纏い、様々な言葉が飛び交い、流れるように右へ左へ。

馬人、獣人、森人、鉱人、圃人に只人、見たことない種族の人まで。

混雑を避けて大路の端に並んでいても尚、攫《さら》われて流されてしまいそう。

色の洪水だ。ブンカと妖精弓手はいっていたけれど、まさに文化の衝撃《カルチャーショック》。

これを前にして絵を描くのが無理と筆を投げるようでは、画家としてやってもいけまい。

何しろこの世のすべてがこの光景に詰まっているといっても、過言ではないのだから。

「それにしても」

はふ、と。人いきれに窒息しそうになりながら、牛飼娘の隣で少女が喘《あえ》いだ。

初めて会った時は小さな子供みたいだった彼女も、今ではすっかり立派な女の子。

長い金髪の上に乗った帽子を押さえて、地母神の神官である彼女はぱちくりと目を瞬かせる。

「人が多いとは聞いていましたが……これは凄いですね」

「そうなの？」

はい、と。以前にも都を訪れたことのある女神官は、こくこくと頭を上下させた。

彼女だって生まれ育ったのは辺境だが、ここ数年、あちらこちらと冒険に出ている。

だがその少なくも濃密な経験を踏まえて尚《なお》、今この都に溢《あふ》れている人並みには目を瞠る。

初めて都に訪れたときも圧倒されたものだが――……。

「あの時よりも、もっとずっと、多いですよ」

「だって、トーナメントですからね！」

そう、受付嬢は整った胸を張る。

そうなのだ。この四方世界《しほうせかい》広しといえど、トーナメントほど盛り上がる行事は、そうはない。

四方世界の花といえば冒険だけれど、一対一《PVP》で誰が強いか、気になるのは人のさが。

神々さえも興味深く盤面を覗《のぞ》き込むとあらば、戦女神の加護ぞあれというものだ。

「ふ、ふふ。拙僧とても乗騎あらば、是非とも参加してみたくはありましたがな」

そう言ってのっそりと歩みを進める蜥蜴僧侶《リザードマン》は、大荷物を抱えている。

大門をくぐって後、馬車からの荷物の積み下ろしを行っていたのだから当然の話。

「ほら」と妖精弓手が、鉱人道士の買ってきた焼きチーズの串を上に持ち上げる。

蜥蜴僧侶は「かたじけない」と一つ言って、妖精弓手の手からそれをまるごとかじり取った。

「うむ、甘露、甘露。……とはいえ、騎士でなくば参加できないのでは、致し方なし」

「仕官なさらなくても、出る方法自体はあるのですけれどもね？」

ぴしゃりと尻尾で石畳を打つ音に、何人かの通行人が目を向ける。

が、物見高い見物客の一人であろうと思われれば、それも一瞬のことだ。

誰も彼もがトーナメントに注目している。観光客など、眺めている暇が惜しいのだ。

「実際、各種族からも代表が選ばれて、部門ごとの枠で参加する事になっていますし」

「なるほど、なるほど。鉱人、圃人、森人、獣人、只人、各々《おのおの》作りも違いますれば、当然か」

しかし無差別の戦いというのも胸躍る。そういう部門もあるらしいですよ。

そんなやり取りを横目に、牛飼娘はちらりと、残る最後の一人へと目を向ける。

——せっかくの、お休みだ。

たぶん、そうなる。

冒険でもない。牧場のお仕事でもない。友達に誘われて、みんなで都へやってきた。

遠出というといつかの冬の嫌な思い出もよぎるけれど、そんな気配だって欠片もない。

だから——というわけでもないけれど、牛飼娘は彼に問いかけた。

「とりあえず……どうしよっか？」

目に見えるものすべてがきらびやかで、まぶしくて、面白そうで、わくわくする。

トーナメントが始まるまでには時間もある。とても足りるとは思えないけれど。

問われた彼――幼馴染の彼は、「ふむ」と低く呻《うめ》き、手にした荷物を抱え直した。

薄汚れた革鎧、安っぽい鉄兜《てつかぶと》、腕に小振りな円盾、腰に中途半端な剣を帯びた冒険者。

道行く人々から胡乱《うろん》な目を向けられるその男は、重々しく頷いて、言った。

「……どうしたものか」

ゴブリンスレイヤーには、休日の過ごし方というものが、さっぱりわからないのであった。

§

発端は、受付嬢と牛飼娘の共謀――あるいは提案であった。

王都で開かれる馬上槍試合《トーナメント》に一緒に行きましょう、という。

一も二もなく妖精弓手が「見てみたい！」と手を上げて、蜥蜴僧侶が「それは重畳《ちょうじょう》」と追従《ついじゅう》。

お祭り好きの鉱人道士も「ま、悪くないわな」と乗り気である。

女神官としては遊びに行く、お祭りに加わるという事には未だ少し抵抗があるのだが。

――そういえば、前に行った時は……。

諸々の出来事があって、とても遊ぶなどという雰囲気ではなかったなあ、なんて。

それに馬上槍試合。騎士様がたの戦うトーナメントというのは、一目見てみたくもある。

何しろ先達《せんだつ》の女性冒険者の一人は、あの凛々しい女騎士であるのだし……。

「み、見てみたい、ですっ」

ここ最近はえいやと舞台に飛び出すつもりで手を挙げることの増えた、女神官の主張だった。

「ええ、これを逃すと次の機会はなかなかなさそうですしね」

受付嬢がにっこりと微笑《ほほえ》んで外堀を埋めにかかり、牛飼娘が「ね」と彼の袖を引く。

「行ってみようよ。きっと面白いと……思うけどな?」

「ふむ」

こうなってしまえば、もはやゴブリンスレイヤーに拒否権はない。

冒険者の一党《パーティ》における頭目《リーダー》とは、別にさほどの権力を持たないものだからだ。

あくまで方針を決定する係であって、誰か一人を独断で追放などできるはずもなし。

故に彼は古《いにしえ》の『頷きエルフ』の故事に倣《なら》い、むっつりと頭を上下させたのだった。

そうして辺境の街からえっちらおっちら、馬車に乗り、時間をかけての王都入り。

大量の旅客《りょきゃく》を捌《さば》いて疲弊《ひへい》した様子の番兵に挨拶し、大門をくぐって先のやり取り。

さて宿も取ったし、これからどうしたものかと言うところで――……。

「こないだの仕切り直しをしましょ!」

「ひゃあ⁉」

と妖精弓手は有無を言わさず女神官の手を取って、たったかと走り出してしまった。

括った後ろ髪をなびかせて駆ける様は、水辺の葉を渡る妖精さながら。

引っ張られて後を追う女神官は帽子を押さえながら「すみません、後ほど！」と声を落とす。

受付嬢が腰の辺りで手を振って見送るのを横目に、ふと浮かんだ疑問が一つ。

「こないだって……？」

「以前、王都に来た時の事だ」

何の事だろうかと呟《つぶや》いた牛飼娘に、ゴブリンスレイヤーの短い返答。

それって一年以上前の事じゃなかったかしらん。いやでも森人なら違うのだろうか。

「ゴブリン退治をする事になった」

「ゴブリン退治……」

「そうだ」

「そっかぁ」

それはまあ、仕切り直しもしたくなる。

冬の雪山で知った小鬼退治の一端を思えば尚のこと。

なんとも味わい深い顔をしている鉱人道士と蜥蜴僧侶、受付嬢の表情は、気になったけれど。

「ま、そんならわしらもあン時のやり直しといくか！」

それを口にするよりも早く、鉱人道士の分厚い掌《てのひら》が、ゴブリンスレイヤーの背を打った。

まるで金属板に石畳を叩きつけたような音と共に、たたらを踏んだ彼を長い尾が引き戻す。

「ですな。大会となれば出店の類《たぐい》も多い。これを逃す手はありますまいぞ！」

「む……」

彼は一声唸るが、「そういうものか」と呟いて、後はされるがままだ。

「では御両人、小鬼殺し殿をお借りしますぞ」

「なあに、夜には返すわ」

などと蜥蜴僧侶と鉱人道士、只人離れした膂力《りょりょく》の二人に連れられては、抗いようもない。

というより抗う気もないのだろう。

「どうにも」と、何ともすっとぼけた、彼らしい言葉。「そういう事らしい」

それだけを残して、男三人もまた連れ立って、祭りの賑わいの方へと向かって行ってしまう。

「あ」

と牛飼娘は何を言いかけたのやら。自分でもわからないのだが、せっかくなのに、とか。

けれど、止めたいわけでもないのだ。彼が休日を、祭りを、素直に楽しむ事を。

──どれぐらいぶりだろう。

いつだかの収穫祭でも、結局彼は、小鬼のことを警戒していたようであった。

そんな事を思ったのを見透かしたように、白く美しい手がそっと肩に触れた。

目を向ければそこには、その収穫祭の午前と午後を、等分に分け合った好敵手。

「ふふ。良いじゃありませんか。時間はまだまだあるのですし」

「……と」これは悪巧みの気配だ。牛飼娘はどきどきとするのがわかった。「言いますと？」

「せっかくですから、おめかしをしちゃいましょう！　――都風に！」

ああ、それは――なんとも心躍る、悪巧みではあるまいか。

「うん、ぜひ……！」

お姫様になりたいけれど、それには冒険だって必要なものなのだ。

§

琥珀色の石を積み上げた屋内市場《マケットルム》は、牛飼娘が想像もした事ない場所だった。

もとは九日市《ヌンディナエ》を補うため、風雨を避けるための園庭に設けられた露天市なのだとか。

それがいつのまにやら、屋根をつけた常設の市場へと転じて、今に至るという。

受付嬢が案内してくれたのは、王都にいくつかの中でも最も大きなものなのだそうだ。

「古の大帝の戦勝を記念した広場ですけど。今のお目当ては、もっぱらお買い物ですね」

王都のことにまったく無知な牛飼娘は、受付嬢の説明よりも、目の前の光景に夢中であった。

知識神の砦たる図書館のすぐ傍《そば》に、交易神の恩寵篤《おんちょうあつ》いこの市場があるのは、二神の仲の証だ。

見事なつくりの拱廊《アーケード》は、巨人の階段のように五段、五階層も連なっている。

各々の階層の屋根は露台《バルコニー》になっていて、そこには大勢の人がひしめき合っている。

肉の臭い、魚の臭い、料理の臭い。嗅いだこともない臭い。それが喧騒《けんそう》と共に押し寄せる。

それに行き交う人、人、人、人の群れ！

どこから来たのか、何の種族なのかも見当がつかない人たちが、目の前を右に、左に。

おまけにその人たち全員が、どこの品物かわからない商品を両手いっぱいに抱えている！

四方世界の全てがぎゅうっとこの市場に押し込められたようにさえ、見えるのだ。

五感の全てを塗り潰されるようで、牛飼娘はただ前にきただけで、目眩《めまい》を覚えてしまった。

「これ……」と牛飼娘は声を震わせた。「……こんな大っきい建物、ぜんぶお店なの⁉」

「五階はお役所ですけれどね。一階ごとにだいたい四十くらいお店がありますから――……」

受付嬢は細い指先を顎《あご》に当てて頭の中でさっと計算してのけた。

「だいたい百六十はお店がありますね」

「ひええ……」

本当に「ひええ」である。百六十のお店？　それが同時に？　建物の中にある？

市場なんて、辺境の街や故郷の村で時たま開かれる、露天市くらいのものと思っていたのに。

「まあ、九日市《ヌンディナエ》よりはちょっとお高いんですけども。さ、行きましょうか！」

「う、うん……っ」

牛飼娘はどきどきと高鳴る胸に声を上擦らせながら、受付嬢の後を懸命《けんめい》に追った。

高いってどれくらいだろう？　お小遣いで足りるかな？　買えるかな？　買って良いかな？

もうお祭りで無駄遣いをしたって伯父に怒られる歳《とし》ではないのだけれど。

まったく手慣れた様子で足を進める目の前の女性は、すごいのだなあ、と思う。

こんな場所に、多少のよそ行きなんかで突っ込んで良いものか——……。

「平気ですよ。存外《ぞんがい》、皆さん他の人の事なんて気にしていませんし——……」

そんな牛飼娘の気心を察したか、くるりと振り返った受付嬢の髪が踊る。

「それに、とても可愛らしいじゃあないですか？」

「からかわないで欲しいなあ……！」

などと牛飼娘も反論はしてみたものの、一歩踏み込んでしまえば、なるほど確かに。

「う、わ……。履物《サンダル》で金貨二枚……⁉」

「良いものですけどね。ふむん。お洒落《しゃれ》は足元からなんてのも聞きますが……」

雑踏《ざっとう》の人々を見る余裕などありはしない。辺りに並んだお店と品物だけで手一杯だ。

あれは何？　じゃああれは？　あっちに売っているのは何？

子供じみた質問がふわふわと泡のように胸の中に浮かんでくるのを、ぐっと堪《こら》える。

——だって、それじゃあ。

友達と一緒に遊びに来ているのに、お姉さんに連れられてるようじゃあないか。

「わあ……！」

だがそんな牛飼娘でも、とうとう抗えずに足を止めてしまったのが、小さな露店だ。

そう、この屋内市場ではほとんどがお店《たな》を構えているのに、そこだけは露店だった。

店と店の間に佇《たたず》む、交易神の像の前。

見れば他にもいくつか似たような場があり、同じように店が広げられている。

どうやら神の足元は、露店が店を広げる事を許される場であるらしい。

売られているのは、牛飼娘が今まで見たこともないような綺麗で美しい反物《たんもの》だ。

きらきらと輝くそれは、ただそれだけで宝物のようで、思わず目を奪われてしまう。

そしてさらにいえば、それを売っているのは真白いふわふわとした、愛らしい蟲人の娘さん。

牛飼娘ならずとも、声をあげて見惚《みと》れてしまうのは、無理からぬものだった。

「ああ」と受付嬢が横合いから覗き、目を瞬かせる。

「蚕人の方々が絹織物の奉納に参られたんですね」

「これ、絹なんだ⁉」

絹。初めてみた。こんな上等で綺麗なものなんだ。知らなかった。

どきどきしながら眺めるそれは、銀の砂が流れるようにさらさらとして煌《きら》めいている。

お姫様の着るドレスや下着なんかで絹のなんちゃらとは、聞いていたけれど。

——すごいなぁ……。

絹というのは東の果ての砂漠《さばく》のそのまた向こうからくるものとばかり思っていた。

なんともはや、蚕人の娘さんがたが、どうにかして織り上げるものであったとは……。

「お買い上げ……」とつとつと、鈴の音のような可憐《かれん》な声。「……になられますか……?」

ちょいと下から見上げるような目つきで、蚕人の大きくて可愛らしい黒い瞳が牛飼娘を見る。

これでドレスを作れば、さぞや綺麗な――そう、お姫様のようなドレスになるだろう。

牛飼娘の頭の中にそんな姿がよぎり、似合わないなと、思わずそれを振り払う。

だけれど、綺麗だ。本当に美しい絹の布だ。ごくりと唾を飲む。聞くだけならば、無料だ。

「いくら、なんです？」

「いかほどでも……。良い値をつけてくださいましたら、それで差し上げられればと思います」

「ええっと……」

「ふふ、蚕人の方々は絹織物を売る事を、交易神様に奉納なさるわけですからね」

ついと横合いからの助け舟。受付嬢にそう言われれば、なるほどと牛飼娘も納得する。

もちろん、はっきりと理解できたわけではない。

ただ――……。

――そういう人たちも、いるのだなあ……。

と、ゆるやかに受け止めた。それだけのコトであった。

「いかさま……」と蚕人の娘はゆるりと頭《こうべ》を垂れた。「……これが私の命の値ですので」

「そうなると、気軽には買えないなあ……！」

命の値段。お手頃価格で、とはとても言えない。自分の値段だって、わからないのに。

牛飼娘が曖昧《あいまい》に笑ってそう言うと、蚕人の娘は「そうですか」とだけ言って頷いた。

特段、値付けをされなかった事を残念にも思っていないようだ。

雑踏を眺める瞳は、川面《かわも》を見つめる釣り人のようで、ただじっと待っているだけ。

牧場で幼馴染の帰りを待つ自分が、道行く人を眺めている時のそれに、よく似ていた。

と――……。

「では、拝見いたしますね」

不意に横合いから、ついと黒い上等な着物の腕が伸びて、手慣れた様子で反物を取り上げた。

その腕の主は見事に男装を着こなした美しい娘で、睫毛《まつげ》を揺らして目を瞬かせた。

「どうでしょう、あなたの装束としてなら、なかなか良い塩梅になるんじゃないでしょうか？」

「ふむん。なかなか悪くないね。何より、こんな可愛い子が手づから織ってくれたのが良い！」

応じたのは、その娘よりも頭ひとつ分大きい――そう、見上げるほどの背丈の、やはり女性。

ぴんと立った耳を揺らして、その瞳に稲妻のような煌めきを見せて、彼女は微笑んだ。

「どうだい、きみ。この布を僕に売ってはくれないものだろうか？」

「……いかほどのお値段を？」

稲妻の瞳を持つ馬人の走者は、傍らの女商人が溜息を吐くのを無視して、爽やかに言った。

「君のための勝利を一つ」

§

「……ご無沙汰《ぶさた》しています」

「なんというか……立派になったねえ……！」

恐縮ですと言って柔らかく微笑む友人の表情に、かつてのくたびれた気配も、険《けん》もない。

それが牛飼娘にはとてもうれしくて、にこにこと笑って手を叩いたものであった。

料理店《テルモポリウム》である。

王都のお店なのだからどんな高級なお店なんだろうと思っていたが、そんな事もなく。

昼下がりに女子が四人揃って席についても良い、明るい雰囲気のお店で、牛飼娘は安堵《あんど》する。

席についているのもおそらくは大会目当てに四方のあちこちから来た人々ばかりなのだろう。

雑多で賑やかな雰囲気は、時たま訪れる冒険者ギルドの酒場のよう。

違いといえば武器を帯びて鎧を着ている人はおらず、もっといろんな種族の人がいるくらい。

――彼は、此処《ここ》でもきっとあの格好のままなんだろうな。

といっても壁一面の漆喰《しっくい》に顔料で描かれた絵の彩りは、さすが王都だという雰囲気だったが。

――あれは地母神様、かな？

翼を持った豊満な美しい女神様。だけどどうしてか、その翼の部分は布で覆い隠されている。

――変なの。

「それにしても、まさかこんなところでお会いするとは思いませんでしたよ」

「私もです。大会《トーナメント》の見物に都へ行くとは、あの子たちから手紙では聞いていましたが」

「《宿命》と《偶然》の骰子《サイコロ》に感謝ですねえ」

「ええ、本当に」

そんな風に牛飼娘がお店の内装に気を取られている間にも、受付嬢と女商人の会話は弾む。

もともと貴族の令嬢同士なのだから、この場の空気に慣れているのも当然のこと。

おしゃれなお仕着せの女給が注文を取りに来ても、普通に応対してしまうのだから凄い。

牛飼娘などはどぎまぎしてしまって、というより品書きの料理が何なのかすらわからない。

例えば今まさに受付嬢が「グリレスをお願いします」と頼んだ料理などが、それだ。

疑問符と興味深さ。そんな牛飼娘の表情に気付いて、「ああ」と受付嬢が頷いた。

「大山鼠《オオヤマネ》に詰め物をして、炙り焼き《ロースト》にしたものですね」

「オオヤマネ……⁉」

あれが食べられるとは知らなかった。

驚く牛飼娘に、受付嬢はくすくすと笑い、女商人が「それなら」と品書を指し示す。

「紅鶴《フラミンゴ》の舌の蒸し煮も絶品ですよ」

「フラミンゴ……？」

ってなんだろう？　牛飼娘は首をかしげるばかりだ。鳥のようでは、あるのだけれど。

舌を食べるということは、たいそう大きな鳥なのに違いない——牛の舌であの大きさだし。

ふむん、と。馬人の走者が鼻を鳴らして、品書きの中から菜類のあたりを指差して言った。

「僕は金葉《シルフィウム》のサラダが良いな。あれは力がつくんだ」

「食べすぎないでくださいね？」

うきうきとした様子の走者の注文に、ぴしゃりと横合いから女商人が釘を差す。

「以前シルフィウムを喘息薬《ぜんそくやく》に常食して、検査ではねられた走者もいますから」

「強壮効果があるのは間違いないからね。只人には愛の妙薬《みょうやく》にもなると聞くし」

きみも一口食べるかい？　やめてください。女商人が、何とも言えぬ顔で提案を拒否。

キリンの脚は？　今日は入荷していない？　そう、残念ですねえ。受付嬢の女給との会話。

そんなやりとりを聞きながら、じっと品書きを見ていた牛飼娘。

駱駝《らくだ》の瘤《こぶ》――あの瘤付きの驢馬《ろば》は食べられるんだ⁉――に目を瞬かせて、その隣。

「これって豚じゃなくて、お魚なのかな？　腸詰めって書いてあるけど……」

気になる料理を指差すと、獣人（王都でもだ！）の女給が耳を揺らして教えてくれた。

「ああ、デルピーヌスですね。デルピーヌスの腸詰め《サルサス》、美味《おい》しいですよ」

「じゃあ、これにしてみる」

なにしろお魚なんていうのは、あまり食べる機会も少ないのだし、せっかくなのだ。

どんな魚かはわからないが、王都に来て食べるのなら、珍しいものが良い。

「お飲み物はどうされます？」

受付嬢が「まだお昼ですけれど」と照れたように笑って、まず応えた。

「私はもう葡萄酒《ぶどうしゅ》を頂いてしまおうかと」

「私は」と女商人。「蜂蜜酒《アクア・ムルサ》を」

「あら、よろしいので？」

「田舎者の酒なんて呼ばれていますけれど、商いで扱ってみますと、これが美味《びみ》だったので」

「葡萄が育たない土地は田舎というのが傲慢《ごうまん》さ」馬人が笑った。「じゃあ、僕も蜂蜜酒を一つ」

蜂蜜酒はたしか、北方の人たちが作っていたはずだ。

先だって彼が土産に貰ってきたという酒壺《さかつぼ》は、ほんの少しずつ減っている。

伯父はどうしてだか遠慮するので、もっぱら彼とふたりで、こっそり楽しむ時ばかりだけど。

――でも、お酒って気分じゃあないよね。

「何か甘いやつないかな」

「ならサパか、テーフルトゥムですかね。葡萄か果物のシロップ、どちらにします？」

「それじゃあ、果物の方……テーフルトゥムでお願いします」

「かしこまりました」

女給が優雅に一礼して退いて、牛飼娘はやっと一息。

――それにしても――……。

「どうかしたかい？」

「あ、ううん」と稲妻の瞳に見つめられて、牛飼娘はぱたぱたと手を振った。

「さっき『勝利』って言ってたから。あなたも、大会《トーナメント》に出るのかなって」

辺境の街にも馬人はいるが、そう多くはない。間近で見る機会は、牛飼娘は初めてだった。

ましてや彼女は、水の街でも一、二を争うほどの走者の一人なのだとか。

ちらほらと視線が集まってくるのは、きっとそのせいに違いない。

だが牛飼娘としては、なんともいえず、親しみやすいように思えてならないのだ。

それはきっと、彼女の下半身が、わりと馴染み深い形をしているからかもしれないが。

「いいや、僕は競走者《アウリガエ》だもの。競争者《ソニビス》じゃなくね」

「ええと……？」

「僕の脚は速く走るために鍛えているのであって、槍を振り回すためじゃあないのさ」

だから蚕人の娘さんに捧げるのは、あくまで競走の上での勝利なのだ、という。

「速く走るために積み重ねてきた、完璧な血統《サラブレッド》ですものね」

受付嬢がそっと補足するように教えてくれた。

競技走者の馬人は、速く走るためだけに血を重ねていくのだと。

そう言われて見れば、なるほど、牛飼娘にもよくわかる話であった。

何しろ稲妻の瞳を持つ走者の脚を見れば、一目瞭然《いちもくりょうぜん》だ。

細く、鋭く、しなやかで美しいその稜線《りょうせん》は、決して重い荷物を運ぶためのそれではない。

繊細《せんさい》な――そう、硝子細工《がらすざいく》のようなものだと、牛飼娘にはわかる。脆《もろ》く、けれど美しい。

「見てみたいなあ、あなたが走るところ」

「ふふふ、そう言ってもらえると光栄だね。大競技場《キルクス・マクシムス》で走る日には、ご招待を約束するよ」

このあいだ彼が持ち帰ってきた蹄鉄《ていてつ》を思い返す。あれは銀星号という人のものらしいけど。

まあ、「どちらが速いの？」なんて聞くのは野暮《やぼ》だろう。それくらいは牛飼娘にもわかる。

とはいえ何となく脚の様子が気になって卓の下に目を向けてしまうのは、仕方がない。

馬人の走者は脚を腹の前後――というべきなのだろう――に畳《たた》む形で床に座《ざ》している。

――いろんな人のための椅子があれば良いのに。

「ねえ、それって座りづらくない？」

「ん、ああ……」と稲妻の瞳の彼女は、僅かに身じろぎをした。「……まあ、少しね」

「前は馬人用の椅子などもあったはずなのですけれど……」

受付嬢がどこか戸惑ったような仕草で、店内の様子へさっと目を走らせた。

翼を背負った鳥人も背もたれのある椅子に難儀しているし、尻尾に苦労している獣人もいる。

「獣人だけ別の椅子を使わせるのは、獣人を差別しているから宜《よろ》しくない、のだそうです」

問を受け取って解を返したのは、女商人であった。

「それぞれに違いがあるのは、当然の事なんですけどね。最近は、気苦労も多いですよ」

「きっとそのうち、馬人を走らせるのも可哀想だというのさ」

好きでやっているというのに。ふんと走者は、鼻を鳴らした。

馬というのは気分屋な生き物であるから、馬人もその気があるのだろうか?

彼女は憤懣遣《ふんまんや》る方ないといった態度を隠しもせず、行儀悪く頬杖をついて、愚痴《ぐち》をこぼした。

「べからず、べからず、配慮《はいりょ》せよ、だ。どうにも最近は、息苦しくて良くないよ。王都は」

「水の街は大司教様が采配《さいはい》なさっているから、風通しも良いのですが」

「あの御方は、人の法が完全でないことをわかっている――とは、同僚の弁ですけれども」

受付嬢が場を取り繕うように同僚の話を持ち出し、女商人がそれを受けて話題を振る。

冒険のこと、世界のこと、文字通りの四方山話《よもやまばなし》。牛飼娘にはよくわからない事柄ばかり。

――でも、もしかするとこれは、良い思いつきかもしれない?

馬人のための椅子。椅子というよりクッションだろうか。

うちで作ったり、売ったりできるかな?。流石《さすが》に難しいか。

ううん……と考えていると、馬人の走者と目があった。

「ところで」と彼女は、瞳を輝かせた。「君はドレスなどは買わないのかい?」

「いやあ……」

牛飼娘は、恥じらいと照れとを誤魔化すように頬を掻《か》いて、首を横に振った。

「あんまり、その。お洒落とかよくわからなくって……」

「それなら僕にいくつか見繕《みつくろ》わせておくれよ」

「……良いのかな？」

「もちろんだとも」

力強い頷き。遠慮がちな娘の手を引いて、颯爽《さっそう》と駆け出すような、笑顔。

「この四方世界で、みなで楽しむことより優先されるものは、存在しないのだからね！」

§

「なんか……息苦しいわね」

「はい……」

王都の雑踏を行きながら、妖精弓手と女神官は、顔を見合わせて頷きあった。

特に何かトラブルがあった、というわけではない。先のときのように、鎖帷子云々《くさりかたびらうんぬん》もない。

大会の熱気に浮かれて盛り上がる町並みを、娘ら二人は文字通りの物見遊山《ものみゆさん》で楽しんでいた。

もっとも目的としては――供え物の花か菓子《かし》を見繕う、というものが一番にある。

だがしかし、それはそれとして、今は大会――お祭りの真っ最中なのだ。

これを楽しまない手はないというのは、妖精弓手ならずとも、少女同士の暗黙の了解だ。

焼き林檎《りんご》が売られていたり、異国の獣の串焼きが売られていたりといった食べ物の数々。

今回の大会に合わせて、有力な騎士を選抜して編纂《へんさん》された武鑑《ぶかん》の増補版。

「せっかく観戦するんだし、一冊ぐらい買っておかない？」

「そうですね。…………うん、せっかくですし！」

『せっかくだから』というのは、魔術師の真に力ある言葉にも匹敵する呪文だ。

粗刷《あらず》りのそれを一部贖《あがな》って、ぱらぱらとめくって、紋章や騎士の来歴に声を漏らしてみたり。

当世、遍歴《へんれき》の騎士も多い。各地で鳴らした腕に覚えのある騎士らが続々と集まっている。

かの古の自由騎士ならずとも、主君領地なしの騎士は冒険者の類型《テンプレート》の一つだ。

とはいえ――……。

――騎士様、かぁ。

女神官の尊敬する一人であるところの女騎士は、どうやら大会には参加していない、ようだ。

鎧具足に馬を用意して維持して管理してとなると、これがなかなか大変だからだろうか？

用意できるだけの財力はあっても、冒険者生活でこれを整えるのはなかなかに面倒だ。

女神官は自分が馬一頭を伴って小鬼の巣に向かうさまを想像して、くすくすと笑った。

しょっちゅう旅暮らしをするとなると、馬は暮らしに合わないものだ。

――馬人のかたと一緒に旅をするのは、楽しかったですけれど――……。

ともあれ、ただ見物をし、雑談に興じるだけならば、何事も起こらない。

ことの発端は、そうしてあれこれ覗き込んでいた中の、屋台の一つであった。

「あら……！　ね、ちょっとこれ、見てよ！」

なんて妖精弓手が目を止めたのは、羊毛を編んで作った帽子だった。

ちょいちょいと手招きをされるのに、女神官もまたトコトコと近づいてお店を覗き込む、と。

「わ、これ……兜ですか？」

そこにずらりと並び、売られていたのは――――そう、古今東西《ここんとうざい》の兜を模した帽子なのだった。

鉢型のもあれば、大きな前立がついた異国のもの、庇《ひさし》がついたものまで様々。

北方風の角兜には、女神官も微笑んでしまった。確かに、かの人たちの兜には角がある。

冒険者としてちょいちょい武具屋を覗き込む身としても、なかなかに上手く再現されている。

「ああ、なにせ騎士様の大会だからね。こういうのを被って応援するのも良いもんだろ？」

ほら、などといって露店の主が兜型の帽子を取り上げて、その庇を上下に動かしてみせる。

「ま、覗き穴はないんだけどな。口元まで下ろすと顔中すっぽり暖かいって寸法さ」

「へえー……！」

あまり無駄遣いをしないよう心がけている女神官も、なんだか見ているだけで楽しくなる。

それがお祭り、ハレの日というものなのかもしれない。

――地母神様も、節制は心がけるようにとは言っても、楽しむ事は否定しておられませんし。

どれか一つくらいはこういうのを買っても良いだろうか――――……。

「あ……」

なんて思いながら帽子を眺めていると、はたと、一つの鉄兜風のものが目に止まった。

特に何か特徴があるわけでもないのだけれど。これは、そう、どことなく――……。

「オルクボルグのに似てる感じね?」

「ですよね?」

妖精弓手もくすくすと、鈴を転がすような笑い声を喉《のど》で鳴らした。

そう、『せっかくだから』。これも買ってしまおうかと、二人は笑って、頷き合う。

「はい、毎度あり……!」

銀貨数枚の帽子。寺院にいた頃はとても買えないようなものも、今なら買えてしまう。

――それも、友達と一緒に、おそろいのものを!

ただそれだけで、女神官の心はうきうきと浮き立つのだった。

「せっかくだから被っちゃいましょう!」

「あ、うーん……」

とはいえ、そう提案されると、ほんのちょっぴりの羞恥心《しゅうちしん》がある。

なにしろ今は地母神の神官としての装束を纏っているのだ。帽子だけ変えるのは――……。

――ちょっぴりはしゃぎすぎている、ような……。

気が、しないでもない。被りたくはあったのだけれど。

「わたしは……本番の楽しみにしておこうかな、とか」

「別に恥ずかしがらなくたって良いのに」

妖精弓手が片目を瞑《つむ》る。まったく見透かされていて、女神官は手元の帽子に目を落とす。

——ううん、『せっかくだから』ですよね……。

被るか、被るまいか。只人がそんな事を悩んでいる間にも、森人の動きは俊敏だ。

彼女はひょいと頭にのせた毛糸帽に、どうにか苦心して長耳を押し込み、引き下ろす。

「どう……⁉」

そして目をキラキラと輝かせて、そんな風に問うてくるのだ。

女神官は「そうですね」と笑って、如何《いか》にも真剣な風な口ぶりでこう返した。

「立派な森人の騎士様です。——首から上は」

「鎧は重たいしね。ふふん、オルクボルグとは中身が違うのよ、中身が！」

耳はちょっと窮屈《きゅうくつ》だけど。そう言って、妖精弓手は上機嫌で脚を踏み出した。

流石にこれはお供えにはアレだろうか。あの人は、ぴりぴりとして厳しかったから。

——ああ、でも。

彼女がもし今此処にいたなら、きっと被る、被らないで、盛り上がったに違いない。

それが不可能なことは寂しかったけれど、そんな事を思えるのは、嬉しくて——……

「あら、あなた！　そんな事をしなくても良いのよ……！」

不意にそんな甲高い声がして、女神官の思索《しさく》が打ち切られた。

見れば通りの向こうから、しかつめらしい顔立ちの貴婦人が足早に駆け寄って来ている。

何事かと女神官が目を丸くしていると、彼女は妖精弓手の帽子へ手を伸ばしたではないか。

「ちょ、ちょっと、何するの……⁉」

「森人だって恥ずかしい事はないわ！　隠すことなく、堂々と耳を出すべきなのよ！」

それはほとんど「出しなさい」と同義に聞こえるほどの、刺々《とげとげ》しい口調であった。

貴婦人はその勢いのまま妖精弓手の帽子を掴み取りにかかり、慌てて女神官は声を上げる。

「や、やめてください……！　どうなさったんです？　別に隠してなんて――……」

「貴女ね！」

途端《とたん》、キッと鋭い突き刺すような視線が、無遠慮に女神官のその装束に向けられた。

女神官が思わず息を飲んだのは、何も恐れ慄《おのの》いたからではない。

あの大目玉はもとより、おぞましい怪物の視線には幾度となくその身を晒《さら》している。

ただ、ひとえに――……。

「地母神の信徒の癖に、このような事を放置しているなんて、その方がどうかしているわ！」

――何をそんなに、怒っていらっしゃるのだろう……？

それが理解できなくて、即座に言葉を紡《つむ》ぐ事ができなかったのだ。

結局貴婦人はあっけにとられた女神官に向けて、そのままわーっと喚《わめ》き散らした後。

「地母神の寺院に抗議しますからね！」

などと言って、鼻息も荒く大路の人混みをかき分けるように立ち去って行ってしまった。

抗議も何も――何を怒っているのかもわからないので、疑問符が浮かぶしかないのだが。

「な、なんだったのでしょう……？」

「さあ？　何にしても、あんだけ怒ってる人を相手するのは……」

妖精弓手は深々と溜息を吐いて、女神官と顔を見合わせた。

「なんか……息苦しいわね」

「はい……」

つまりは、そういう事であった。

どこか浮足立っていた気持ちも失せて、今更帽子を被るような気分にもならない。

妖精弓手もなんとなし、脱がされかかった帽子をぴょいと取り去って、髪を手櫛《てぐし》で整える。

「……お墓参り、行く？」

「そう、ですね……」

墓地までの道のりは、先年に訪れた時に覚えているので、迷うことはなかった。

途中、二人は屋台で花を一つと、揚げ菓子《エンキュトゥス》を三つ買った。

これはチーズと小麦を練った生地を漏斗《ろうと》で渦巻き型に絞り、油茹でにした菓子だ。

たっぷりの蜂蜜と芥子《けし》の実で味をつけたそれは何とも香《こう》ばしく、美味《うま》そうではある。

「女の子なら、こういうお菓子がお供えの方が良いんじゃないかしら」

「ええ。……あまり一緒にお菓子を食べる機会も、ありませんでしたが」

「甘いのが苦手じゃないと良いわね」

――なんで、でしょう？

先程の騒動のせいか、どうしてだか、心が浮き立たない。気持ちが、沈みそうになる。

どころか――なぜだろう。首筋がちりちりと、疼《うず》くように痛むのだ。

そして――……。

「あ、れ……？」

その墓地でも、やはり二人は異様な光景を目の当たりにして、立ち止まってしまった。

整然と並んだ墓標の向こうには、本来ならば神々の像が並んでいるはずなのだ。

地母神、知識神、至高神、交易神、戦女神。五柱の、もっとも崇《あが》められている神々。

そして《生》と《死》をそれぞれ司る、偉大な二柱の神。

だというのに、そのどの像にも、まるで神々の似姿を隠すように黒布がかけられているのだ。

「……何かあった感じね？　あ、ねえ、ちょっと！」

戸惑い立ち尽くす女神官を余所《よそ》に、さっと動いたのは妖精弓手の方であった。

彼女は長耳をふるりと振って、手近にいた墓参者へと駆け寄り、するりと会話を切り出した。

「ねえ、なんでこの神様たち隠されちゃってるの？」

「ああ、それかえ……大会でいろんな人が訪れるだろう？」

腰の曲がった老婆《ろうば》は、おそらくは兵士だろう、剣の刻まれた墓標を撫《な》でながら呟いた。

その声には忌々《いまいま》しさと、郷愁《きょうしゅう》とが入り混じっていて、少なくともそこに、喜びはない。

「この神々以外の神を祀《まつ》っとる人もおるのだから、それらに配慮せよというお達しがあっての」

「私は別に神様を崇めてはいないけど……此処に像があったって、嫌な気持ちはしないのに」

「そう思わん者は、声が大きいのだろうよ」

哀《あわ》れな事だ。老婆はゆるりと首を横に振り、そしてゆったりとした足取りで墓地を立ち去る。

女神官はその背中にぺこりと頭を下げた後、彼女の訪れていた墓地にもまた頭を下げる。

剣の横に刻まれているのは鎚《つち》だ。鍛冶神の証。良く生き、鋼の謎を解き明かさんとする人々。

「なんか、変な話ね」

ふん、と妖精弓手は、まるで気に入らない風に鼻を鳴らして、肩をすくめた。

「さっきの人にしても、お墓にしても、お題目は立派なのかもしれないけど」

「……わたしも、よくわからないです」

女神官も力なく呟いた。何となく——空気が淀んで、息詰まるような気さえ、する。

首筋がちりちりと熱く疼く。灰の粉が、舞い上がっているような、埃《ほこり》っぽさがある。

薄い胸いっぱいに空気を吸い込み、吐き出す。咳き込むことは、なかったけれど。

——ゴブリンスレイヤーさんが、言うところの……。

小鬼の出る街の気配、という事なのだろうか。混沌の気配。邪悪な、何かの兆候《ちょうこう》。

——せっかくの大会なのに。

そんな事があるのだろうか。女神官は、答えを見出《みいだ》せない。

あるいは、かつての……最初の仲間の、聡明《そうめい》で鋭い彼女ならば、わかったのだろうか。

「あれっ？」

そうしてその友が眠る墓に目を落とした女神官は、ぱちくりと瞬きをする羽目になった。

そこには既に、誰かが備えただろう――花が、一差し。

§

「え⁉　圃人の部って、なくなっちゃったの⁉」

圃人の少女剣士がそう甲高い声で叫んだのを、少年魔術師は顔をしかめるだけで我慢した。

王都にある闘技場《コロッセオ》。その巨大さは、たとえ圃人と比べずとも、わかろうものだ。

闘技場の周囲をぐるりと囲む、八十もの円形アーチ門。

その高さは百六十フィート（約四八メートル）と、巨人の如き威容《いよう》を誇っている。

しかし、この闘技場が「コロッセオ」と巨人に例えられるのは、その巨大さからではない。

外周に、かつては巨人像《コロッセス》が建てられていたが故《こ》なのだ――……。

などと、少年は請われるままに圃人の少女に都の薀蓄《うんちく》を垂れたものだったが。

何しろアーチ門の一つでは、大会に参加する選手らの登録が行われている。

その列ときたら異様に長くて、待ち時間に「あれはなに？」と聞かれ続けるのは少々堪《こた》えた。

しかし継《つ》ぎ接《は》ぎの鎧を載せた驢馬、それを伴った圃人を、じろじろ見られるよりはマシか。

だから答えてやっていたのだが、やっと順番がきたと思えば——これだ。

「ああ、上からのお達しでなあ……」

応対している闘技場の職員（腰に木剣を帯びている。勝ち抜いた元闘士だ）も、困り顔。

「じゃあ、私は大会に出れないの……⁉」

「いや、そうじゃあない。今回の大会は、部門分けがなくて、つまり……『無差別』らしい」

「ムサベツ？」

「あー……」と少年魔術師が横合いから口を挟んだ。「只人と圃人が一緒の枠ってことか？」

「森人も鉱人も獣人も、その他の種族も全部な」

「なんだそれ、意味わかんねえな……」

ね、と。圃人の娘も少年と顔を見合わせ疑問符を浮かべる。

が、まあ、登録できるならばそれで良いか。結局のところ、問題はないのだし。

そう意思疎通を交わした二人が、じゃあ、と、登録用の台帳に手をのばす。

とはいえ圃人の娘よりは自分がやった方が良かろうなと、少年魔術師がペンを取り——……。

「やれやれ、学徒たる魔術師がその見識《けんしき》とは、未だ啓蒙《けいもう》が足りぬと見えるな」

それを、横合いからぬっと伸ばされた金属篭手が遮った。

「あ?」と赤毛の少年が睨《にら》みつけるように目を向けた先は、見上げるほどの美丈夫《びじょうふ》だ。

それは白く艶やかな甲冑を——街中なのに?　あいつじゃあるまいし——纏った、騎士だ。

天秤剣の紋章があるあたり、至高神の聖堂騎士か何かなのだろうか。

「圃人だからとて文字が書けないこともないだろう。さあ、お嬢さん、書きたまえよ」

「いや、私は——……」

字が汚いし、と。ごにょごにょと圃人の少女は呟いていたが、ペンを差し出されて、俯く。

このような衆人環視の中、善意を振りまいて、美しい騎士からそのように勧められたのだ。

断ることも難しくて、彼女はちらちらと少年の方を見ながら、おずおずと台帳に記帳する。

金釘《かなくぎ》めいた下手な名は、ずらりと並んだ騎士の名の中でひどく目立って、恥ずかしかった。

「良いかね。種族に対する先入観は、偏見《へんけん》だ。これは無くさねばならん。つまり……」

だがしかし、騎士は圃人の少女が自分で署名した事に、えらくご満足した様子らしい。

うむ、と腕を組んで頷きを一つ。長身から、少年魔術師に見下ろすような目線が刺さる。

「種族で分けるという差別なく、我ら同じ祈りし者に優劣無し。並んで技を競うべきなのだ」

「はあ……」

「平等だ、きみ。平らかな世、虐《しいた》げられる者もなく、皆が心地良い世には、平等が必要だよ」

何を言っているのだと。出かかった言葉を、少年魔術師は喉元で飲み込んだ。

此処は賢者の学院でもなければ、あの忌々しい老圃人の庵《いおり》の類でもない。

目の前の男は賢人でも、あの糞ったれな師でもなく、ようするにこれは論争の類ではない。

——いや、仮に論争だとしても——……。

こちらの話を微塵《みじん》も聞く気もない男相手に、議論が成り立つわけもない。

そのくらいの事は、かつての自身を省みた上で、少年は理解できるようになっていた。

「お嬢さんも。無理して只人の剣を使う事はない。恥ずかしがらず、圃人用の剣を使いたまえ」

「は?」

しかし、圃人の少女は違った。騎士の目線が、彼女の帯びた大振りな剣に向けられていた。

彼女は激怒した。必ず、この目の前の男を叩き切らねば気が済まぬと決意した。

圃人には政治がわからぬ。圃人は、庄の牧人である。煙草《たばこ》を吸い、畑を耕して暮らして来た。

けれども冒険者となった圃人の少女は、軽蔑侮蔑《けいべつぶべつ》に対して人一倍敏感であった。

それは彼女が、深き山《ディープアンダーマウンテン》の下帰りの爺様から教わったことの一つだ。

たとえ狂える大魔道士だろうが、魂を食らう死人占い師だろうが、知ったことではない。

——無礼《ナメ》られたら殺せ。冒険者とはこれに尽きる。

少女の目が細くなる。冷たい光が煌めく。右手が閃《ひらめ》く。剣の柄に手が伸び——……。

「お話についてはわかりました。未だ学も啓蒙も足りぬ身、これからも励んでいきます!」

その手を覆うように少年魔術師の掌が被さって、続く言葉が少女の機先を制した。

いやさ、出鼻を挫いたと言っても良い。小柄な体をグイと背で押すように、彼は目前に立つ。

「今日のところは、ひとまずこれにて。まだ手続きもあり、後の列に人も待っておりますので」

「おお、それもそうだ。うむ、励み給えよ、少年。では、失礼！」

白甲冑の騎士は、やはりまたしても一人で何やら納得して、拍車を鳴らして踵《きびす》を返す。

その颯爽と歩み去る後ろ姿を、圃人の少女は燻り狂う獣《フルミオウス》のように唸り、睨む。

そして次の瞬間、刀を返すようにきっと少年魔術師を睨み上げて、怒鳴った。

「なんで止めたのさ……！」

「今やったらこっちがワルモンだろ……」

「関係ないじゃん！　あいつ馬鹿にしたよあたしの事！　圃人のくせにでかい剣使うなって！」

ぐいぐいと、圃人の少女の体軀《たいく》に対して豊満な胸元が少年に押し付けられる。

——が、それどころじゃねえ……！

その柔らかな感触と重みを努めて意識の外に追いやって、彼は必死になって言葉を探す。

まかりまちがって、このままだんびら抜いて刃傷沙汰《にんじょうざた》になったら、大騒ぎだ。

「あいつだって、騎士だってんならこの大会に参加するんだろ。そこでやってやれよ」

「出てくるの⁉」

結局、説得ではなく矛先をそらすだけではあるのだが。

ぐるんと括った後ろ髪を揺らして振り返った圃人の圧に、闘技場の職員は大きく頷いた。

「あ、ああ。……あの人は、一応、王都でもそれなりの地位の騎士様だからな……」

「名前書いてあるんでしょ！　見せて……！」

——熟達した剣闘士をビビらせるんなら、マジでこいつやれるんだよなぁ。

などと、改めて相棒たる少女の胆力を評価しながら、少年も彼女の肩越しに帳面を覗き込む。

ずらりと武鑑よろしく並んだ騎士貴族の名前の一つを、職員は浅黒い指で示した。

「こいつか……」

「大会……に限らず、闘技場のことにも、あれこれと諫言《かんげん》なさってる御方でなあ」

親の仇《かたき》のようにその名を睨みつける圃人の少女に溜息を一つ、職員もうんざりと呟く。

「昔だってそんな事はなかったんだ。剣闘士だって、戦い方で部門は分けてたってのに……」

最近はどうにもなんだか、息苦しくなっちまった、と。

誰もそんな事は望んでいないのに、間違っている、悪だと言われては敵《かな》わない。

しみじみと溜息を吐く職員に「同情するぜ」と少年は呟いた。職員は力なく笑った。

「で、そちらのお嬢さんは何の競技に出るんだ？」

「おう」

と少年は杖を持った手を伸ばし、職員の後ろにぶら下がった幾《いく》つもの盾から二つを突いた。

盾に描かれた絵は馬上槍と、そして交差する剣。二種目だ。

「承った。武運を祈ってるぜ」

「ありがとよ」

職員が次に待つ参加者に向けて「書類を《ペーパープリーズ》」の声をかける。

それを横目に眺めながら、少年魔術師は圃人の少女の頭を掌で叩いた。

「ほら、行こうぜ。登録終わったんだし、これ以上騒ぎたくねえよ」

「……うん」

言葉少なに頷いた圃人の剣士は、ぬぼっとした騾馬《らば》の手綱を引いて、とことこと歩き出す。

その隣に並んだ少年魔術師は、王都の喧騒、雑踏を眺めながら、ぼんやりと声をかけた。

「気にすんな……っったら、気にしなくなるか？」

「なるわけないじゃん」

「だよなあ」

しみじみと、少年魔術師は頷く。

今朝方、闘技場を訪れる前に姉の墓前に赴いた際にも、思ったものだ。

もしも――もしも、だ。

もしもこの瞬間、姉の死を嘲《あざけ》り笑った奴らが総出で現れて頭を下げてきたら、どうだろう。

鬱憤《うっぷん》が些《いささ》かでも晴れるかと思えば、そんな事はなかった。

奴らはそれで全部終わらせた気になるかもしれないが、それで納得できるわけもない。

連中を全員殴り倒して、頭をかち割りでもしない限り、思い知らせたとは思えまい。

そして――そんな事は、絶対に不可能なのだ。

第一そんな事をやらかしたら姉に叱《しか》られるし、あの忌々しい老圃人にだって嘲られるだろう。暴力に訴えた途端、被害者面をするのは向こうで、此方は加害者。大損なのだから。

——だけど。

少年魔術師はふと聞き覚えのある声を聞いた気がして、ぎくりと身を強張らせた。

気の所為《せい》だ。あるいは幻聴。そう思い込んだ頭が、勝手に錯覚を引き起こすそういう類。

自分に言い聞かせながら周囲を見回せば、賢者の学院のローブ姿がちらほら、見えた。

当然だ。此処は王都で、今は大会の直前。誰だって来る。知り合いも、そうでない奴も。

なんとなく、彼らから離れるように足を早めながら、少年は重ねて自分に向けて呟いた。

「……腹たっても、飲み込んでくっきゃねえんだよな」

「納得いかなーい……！」

「だよなあ」

もう一度しみじみと呟いて、少年魔術師は街に並んだ露店だ、屋台だに目を向けた。

圃人ってのは一日に五回も六回も飯を食べるものだ。何か適当に菓子でも買ってやろう。

——こういう時は。

さっさと他の事をして、切り替えてしまうのが良い。

只人の頭というのは簡単で、そう長いこと怒ってはいられないのだ。圃人もそうだろう。

だがしかし、何故だろう。

街並みが――世界が、どうしてか灰色にくすんで見えるのだ。

思えば、さっきの男の鎧だってそうだ。白い甲冑のくせして、灰の気配が漂っている。

何もかもを塗りつぶして行く、灰色の人々。そんな光景が、脳裏《のうり》をよぎった。

面白みの欠片もない、くすんで燃え尽きた――灰だ。

「そういえば、さ」

などと考えていると、ひょいと真下から、圃人の少女の顔が此方を覗き込んだ。

「あの人、馬人や巨人が参加してきたらどうすんだろ……？」

馬上槍試合では馬人は落馬しようがないし、巨人なんか技を競う以前に体格が違いすぎる。

それじゃあ他の種族は不利だし――それで勝ったって巨人も馬人も嬉しくないだろう。

それとも嬉しいんだろうか？　少女には、それがまるっきりわからないらしかった。

「決まってんだろ」

少年魔術師は鼻を鳴らして、面白くもなさそうに言った。

「今度は『不公平だ』って騒ぐのさ」

§

そうして、怒涛《どとう》のように王都での一日は過ぎていく。

女神官と妖精弓手は、王都での見物を随分《ずいぶん》と楽しんだように見えた。

幼馴染のあの娘は、受付嬢と共に買い物や食事に興じたらしかった。

鉱人道士と蜥蜴僧侶に連れられていった店では、よくわからない酒や食事を飲食した。

——自分はといえば。

だがそうして時間の流れに押し流され、ぽんと、自由になった時。

相変わらず休日というものを、どう過ごして良いか、見当もつかない自分を見出していた。

いや——……。

宿の外。慣れぬ酒精《しゅせい》の熱が兜の内に籠《こ》もっているようで、夜風の涼しさも、あまり覚えない。

街の灯火は橙色《だいだいいろ》に煌めいて、行き交う人々のざわめき、賑やかさが押し寄せてくる。

明日は、大会だ。

その前夜は街中、騎士たちを讃え、誰が勝つかを議論し合う、大宴会のようになるらしい。

宿の中でも賑やかなやり取りは続いていた。

妖精弓手が、女神官と幼馴染の娘、受付嬢の手を取って、一階の酒場に繰り出している。

蜥蜴僧侶と鉱人道士も同様だろう。あの二人がいれば、娘らも安全だと思えた。

彼はその中に身を浸す事を避けていた。騒ぐのは苦手だった。

だがしかし、皆が騒いでいるのを眺め、聞くのは、好ましいと思った。

それでも、彼はこうして、王都の夜の通りを眺めている。

――いや、見当がつかないのは……今に始まった、事ではない。

いつから、だろうか。もっとずっと前かもしれない。

少なくとも、迷宮探検競技の監督役を依頼された時には、既にその思いはあった。

とすれば、きっかけは砂漠に赴いた時か。

何にしても――……結論は、たった一つ。

――ゴブリン退治以外に、何もないのだな。

東方の砂漠に赴いた。北方の氷海にも旅をした。草原で馬人らとも関わった。

どれも心躍る体験だったと、思う。思うが――……それで良いとは、思えなかったのだ。

今もそうだ。

ただ王都に放り込まれて、祭りを眺めている。

その中に、自分がいるわけではない。

そこに不安も、不満もない。ただ、輪の中にいない、自分を見出したというだけで――……。

「酔い醒《さ》ましですか？」

だから不意に声をかけられた事に、彼は若干、戸惑ったようだ。

宿の入口、祭りの賑わいをぼんやりと眺めているような男に、誰が声をかけるというのか。

ぎこちなく鉄兜を巡らせた先、そこに佇んでいたのは、受付嬢だった。頬が、赤い。

「そうだ」

ゴブリンスレイヤーは、他に答えが思い浮かばなかった。

「そうだ、と。思う」

「そうですか」

「ああ」

何がおかしいのか、受付嬢はくすくすと笑い、彼の横に歩み寄った。

そしてはしたなくも、ぺたんと路傍《ろぼう》に腰を下ろしてしまう。

淑女の振る舞いではない。ギルドの職員の行動でも、貴族の令嬢の所作《しょさ》でもない。

ゴブリンスレイヤーは何と言ったものか、言葉を夜の街並みに探した。

「……家に」

そう。確か、そうだったはずだ。

ゴブリンスレイヤーの、さして回転の早くないと自認する頭が、記憶をようやく引き出した。

「挨拶《あいさつ》に、行かなくても良いのか？」

「あら、して下さるんですか？」

受付嬢の瞳が悪戯《いたずら》っぽくきらめき、彼が何か答えるよりも早く「冗談です」と呟き。

「まあ……別に良いかな、と。思っているだけです」

「……そうか」

「ええ。仲が悪いわけではないですけれど、帰っても、口喧《くちやかま》しいでしょうからね」

ゴブリンスレイヤーは、特に何も思わなかった。そういうものかと、考えただけだった。

家族というものについて、彼は十年ばかりの経験しかない。それ以上の事は、知らないのだ。

だが受付嬢はどこか恥じ入ったような様子だった。贅沢《ぜいたく》な事だと、思っているようだった。

「ね」と受付嬢は言った。「少し、歩きませんか？」

ゴブリンスレイヤーには、特に断る理由も無かった。

――いや……。

彼は訂正《ていせい》した。自分には、ないだけだ。

「俺で、構わないのなら」

「構わないから、誘っているんですよ」

受付嬢は、僅かに頰を膨らませて見せた。

ゴブリンスレイヤーはそれを前にして「そうか」としか言えなかった。

受付嬢はその返事にどうやら満足したらしく、そのすらりと伸びた足を振って、立ち上がる。

行きましょうと、彼女は夜に微笑んだ。

学院の生徒らが灯《とも》した街灯が魔法の光を放ち、受付嬢の横顔を薄青く彩っている。

恐らくは、彼女の隣を行くこの安っぽい鉄兜も、街灯の光を受けているに違いなかった。

――誰かと、連れ立って歩く。

見知らぬ街並み。一生来るとは思っていなかった場所。

だが、王都を訪れるのは、これで二度目だ。

奇妙だった。自分より、姉の方がよほど相応《ふさわ》しい場所だ。

自分がいる事は、おかしいことのように感じられる。

しかし――……同時に、思う。

「あまり、見られないな」

「大きい街ですから」

それに、お祭りですし？

受付嬢にかかれば、それが全ての理由になるらしかった。

めかしこんだ令嬢の横に、薄汚れた鎧姿の小鬼殺しがいても――……。

――問題に、ならない。

はたして本当にそうだろうかと、思う。

「……」

「――……」

「……えいっ」

「む……」

まったくの、不意打ちであった。

受付嬢が飛びつく、あるいは飛び込むようにして、彼の腕を取ったのだ。

清楚《せいそ》なブラウスの胸元に、薄汚れた金属の腕が埋もる。

感触や温もりなど、伝わりようもない。感じられるのは重さだけだ。

普段に括《くく》っている盾よりも、重みのある何か。粗雑《そざつ》には決して扱えない重み。

――汚してしまう。

そんな焦りにも似たような気持ちだけが、胸中にはあった。

「汚いぞ」と、彼は呻いた。「汚れている」

「気にしませんよ」

受付嬢は、その鎧の腕を抱いて前を向いたまま、勝ち誇ったように笑った。

「何年、お付き合いしていると思っているんですか？」

「……そうか」

「そうなんです！」

――ああ、もう、まったく。この人は。

そりゃあ幼馴染のあの娘には負けるかもしれないが、何年見てきたと思っているのだろう。

わからない事も、気づかない事もあるけれど、こうして見ていればわかる事だって多い。

銀等級、押しも押されもせぬ一流の冒険者となった。

それがどれくらいすごくて、立派で、評価されているのか――……。

――わかっているんだか、いないのか。

多分、いないんだろうな。それに、別にだからこの人を好きになった、わけでもないし。

私は、勝手に幸せになるのだ。

この人が、この人自身の事をどう思っていようが、どうにもできなかろうが。

この気持ちは私自身のもので、私自身が何年もかけて育んできたもので、私の人生なのだ。

他の誰かとか、そういう事には、まったく関係がない――彼さえも、関係のない事だ。

私は、勝手に幸せになる。誰かに何かをしてもらう必要はない。

だから、うん。恋をしているくらいは。このくらいは――……。

「……このくらいは、良いですよね？」

「それで良いなら……」

ゴブリンスレイヤーは思った。なんというつまらない、くだらない、言葉だろう。

彼女に対して、そんな言葉しか返せない自分の中身のなさが、つくづくと嫌になる。

何年も親身になって世話を焼かれ、手助けをしてもらい、そして返せる言葉は、この程度だ。

「……それで良い」

「はいっ」

そうして、二人はしばらくの間、王都の賑わいを見物して回った。

何をするでもなく、他愛のない会話をし、屋台を冷やかし、人並みを眺めて、宿に帰った。

これはただ――それだけの夜なのだった。

間章

「死ぬのは奴らだ」

Goblin Slayer
He does not let anyone roll the dice.

「まったく、陛下は何を考えておられるのですか！」

バンと円卓に叩きつけられる掌《てのひら》の音に、御前会議に集った面々は「またか」と顔をしかめた。

それは偉大なる神々に捧げられる大会の運営に携わる、神官たちにあるまじき表情ではある。

声を荒らげたのは至高神の御印《みしるし》を首から下げた、美丈夫《びじょうふ》の聖堂騎士だ。

大会の運営に気炎《きえん》を上げるこの若者の存在も、別に最初から煙たがられていたわけではない。

理想に燃える血気盛んな若き騎士の在り方は、むしろ歓迎されて然《しか》るべきだ。

苦難と障害を乗り越えんとするならば、その手助けをしてやろうとも、思っていた。

だが、しかし。

「地下帝国からの来訪者に対しては《看破《センスライ》》で敵意を確かめよとは、闇人《ダークエルフ》への差別だ！」

——これで何度目だろう？

今までの会議を通して、ではない。無論それもある。だが、今日だけでもう五度目だ。

各神殿の代表、名代《みょうだい》という形で出席している神官たちの忍耐にも、限度があるというもの。

一向に会議が進まぬ中、若き国王だけが、表情に疲れの色を見せずに言った。

「……闇人が邪悪だと言っているのではなく、地下帝国からの密偵どもが危険だという話だが」

「話をすり替えないで頂きたい！」

——すり替えてるのはあっちじゃあないかなあ……。

などと、なぜだか地母神寺院の代表とされてしまった王妹は、欠伸《あくび》を噛み殺した。

闇人が邪悪な種族ではないという事は、まあ、多少の啓蒙《けいもう》があれば皆知っている事だ。

伝説的な闇人の野伏《レンジャー》が道を切り開いて以来、善き闇人は往々《おうおう》にして四方世界《しほうせかい》に現れている。

が、しかしそれと、闇人の地下帝国の脅威については、また別の問題だろう。

未だ虎視眈々《こしたんたん》と牙を研ぎ、秩序の領域を鋭く突き刺す隙《すき》を窺《うかが》っている。

脅威なのは地下帝国であって、闇人ではない。そんな事は、子供だって知っている。

「だが……卿《けい》の言い分では『闇人を大会に出すな』と言うように聞こえるが？」

「現状では闇人を晒《さら》し者にするも同然だからです。これで出場を認めるのは、失礼でしょう！」

——それって言ってることとやってることが逆じゃないかなあ……。

王妹はぼんやりと考えながら、欠伸にとどめを刺せずに「はふ」と息を漏らした。

——闇人の人たちって、森人《エルフ》さんたちと一緒ですっごい綺麗らしいよねえ……。

幸か不幸か、王妹は今の所、闇人に関わった事はない。絵物語でしか知らぬ事も多い。

夜闇の中から抜け出たかのような肌の色に、肉食の獣を思わせるしなやかで筋肉質な体。

かつてのあまり思い出したくもない騒動で、王妹は上古の森人の友人を得る事ができた。

あの可憐《かれん》な妖精のような立ち居振る舞いとは、闇人は似て非なる美しさを持つのだという。

——あ、でも。

迷宮探検競技の視察で行った辺境の街には、雌豹《めひょう》のように鍛え抜かれた女森人もいたっけ。

女性の魔術師と賑《にぎ》やかに何やら言い合っていたのを、ちらと見た覚えがあった。

結局、そんなものだ。

種族だとかなんだとかは、せいぜいが生まれの能力《ステータス》くらいの話。

闇人が邪悪じゃあないというのは大いに頷けるところだ。素敵だとも思う。

——けどこのままだと闇人の邪悪な地下帝国の存在すら、この人否定しかねないなぁ……。

闇人が邪悪ではないのだから、邪悪な地下帝国もありえないのだ、とかなんとか言って。

まあ只人《ヒューム》さまが闇人の歴史をどうこうしたところで、闇人は気にも止めないだろうけれど。

神話の時代から血を繋いできた不死なる彼らと、定命の只人では何もかもが違うのだし。

「我々は闇人とも手を取り合って生きていかねばなりません。それをご理解頂きたい！」

「そこについては、卿の言葉を否定する気はないがな、私も」

……違うのだが、若き聖騎士は、事あるごとにこうして声を張り上げる。

それは間違っている、正さなくてはならないと、正義を掲げて。

何度も何度も聞かされると、いい加減うんざりもしてくる。

黙って聞いているばかりというのも、飽きてきた。

というより、このままじゃ終わらないだろう——とも、思うので。

「……あの」

王妹は意を決して、議論とは名ばかりの糾弾《きゅうだん》の間に、滑り込むように声をあげた。

ぐるんと聖騎士の爛々《らんらん》と光る瞳、視線が此方《こなた》に突き刺さって、王妹は「う」と息を飲む。

だが、ここで黙ってはダメだ。

——怖くは、ないもんね。

少なくともあの《死の迷宮》の小鬼や、辺境の街の地下にいた肉塊よりは。

まあ、それらと彼を同列に並べるのは、大変失礼だとも思うのだが!

「今日は、いくつか神殿を代表して、お伺いしたい事がありまして」

あるんですよ。こほんと小さく可愛らしく咳払いをして、王妹は勇気を振り絞って言った。

「地母神様の似姿から翼を隠すようにというご指示は、どのような意図で……？」

「あれは我らの神であって鳥人の神ではない。翼を描くのは鳥人らにとって失礼です」

「ええ……？」

そして思わず声が漏れた。

——いや今までそんなの言われた事あったっけ……？

まあもしかしたら気に入らないと思う人もいるけれど。

でも地母神の信者となっている鳥人の方も大勢いるわけで。

そもそも我らって只人の事なのだろうが、別に只人だけの神でもない。

王妹は自分の頭の上で疑問符が乱舞しているような気さえした。

「失礼かどうかで言うなら、隠したり塗り潰したりの方が失礼じゃないんですか……？」

「では地母神の寺院は、鳥人の方々に一切配慮《はいりょ》する気はないと受け取るが宜《よろ》しいな？」

「いや、よろしくないです」

というより、そういう話じゃあないです。言いかかった言葉を、飲み込む。

聖騎士はそれをどうやら、自分の言葉に納得したとでも都合良く受け取ったらしい。

意気揚々《いきようよう》と、それこそ演説でもぶつようにして腕を振り、甲高い調子で言葉を続けた。

「神殿の方々はあまりにも無頓着《むとんちゃく》なのです。開会式に淫《みだ》らがましい格好での演舞を行うなど！」

「我らが神の戦衣装を淫らがましいとは、何という……!!」

信じられない。悲鳴のような声をあげたのは、半森人の少女――戦女神の神官であった。

薄絹の下に下着めいた鎧を着込んでいる彼女は、戦女神の神殿長の名代だったように思う。

元――今も？――冒険者だとかで、部屋の外に控えている警備には、彼女の仲間もいたはず。

とりあえず視線から逃れた王妹は、どっと大きく息を吐いて、椅子の背もたれに身を預けた。

汗が滴って、ひどく――そう、ひどく、疲れる。

「女性への配慮が足りませんね。第一、あれは剣奴の装束ではないですか。野蛮《やばん》の象徴です」

「奴隷身分からでも艱難辛苦《かんなんしんく》を乗り越え、神の座に到れる！　その証左《しょうさ》ではありませんか！」

その間も、至高神の――ホントに？　王妹はどうも信じられない――聖騎士の独断場は続く。

「奴隷を称賛するような物語が多いのがそもそもの問題なのです。例えば北方の蛮族王……」

――あ、この場にあの子がいなくてよかったな。

王妹は反射的にそう思った。

先日送られてきた友人からの手紙に、北方の戦士たちについての絶賛があったからだ。

「殺し、犯し、領土を拡大し、王になる叙事詩。このような下劣な物語は、排斥《はいせき》すべきです」

「馬鹿馬鹿しい」

溜息混じりに、気怠《けだる》げな声をあげたのは――知識神の神殿から送り込まれた、名代の少女だ。

「貴方はあの英雄の物語を、殺戮《さつりく》と凌辱《りょうじょく》が賛美されていると受け取るわけだ？」

「そのように受け取られかねないものを、広めるべきではないと――……」

「そもそも彼の英雄の出身は嗜虐《しぎゃく》の神と鍛冶神の信仰篤い地だ。暴力に対する認識が異なる」

物静かで落ち着いて見える彼女の足元に、白い獣の姿が見え隠れ。

王妹と目があったその奇妙な小動物は、器用に片目をつむって、口元に前足を押し当てる。

――いやまあ、言いませんけども。別に。

この聖騎士様がまたやいのやいの騒ぎそうだから、言わない。うん。

「そうは仰るが、彼の地も今やわが王国の友邦《ゆうほう》だ。認識を改めて頂かねばなりますまい」

「知識、文化を制限し、歴史を遡《さかのぼ》って裁く。貴方がどれほど偉いか、私には想像もつかないな」

処置なし。その知識神の寵愛《ちょうあい》を受けた彼女が首を横に振り、王妹は首を縦に振った。

いやもう、本当に心の底から、その言葉に同意するのだ。

「私からも宜しいでしょうか？」

そしてそうしたやり取りを黙って眺めていた交易神の神官の席から、冴え冴えとした声。

氷のような美貌《びぼう》を持つ銀髪の女性が、ふと王に目配せをし、ゆるりと手をあげたのだ。

「ええ、物申したい事は山のようにありますが、まずひとつ」

王がにやりと口元に笑みを浮かべて頷くのが、王妹にもわかった。

――お兄様のお知り合い？

だったりするのだろうか。すごく綺麗な人だが、どうにも王妹は、彼女の顔が覚えられない。

風のようにふっと現れて、ふっと消えるような、そんな風に印象が薄いのだ。

「獣人に給仕をさせるのを禁止せよ。彼らを見世物にすべきではないと、申されたとか？」

「当然のことです」

若き聖騎士は、鼻息も荒く頷き、堂々と言い放った。

「賭場などで兎人に模した装束を着せられている様を御覧なさい。あれは搾取《さくしゅ》そのものだ！」

「好きでやっている方も多くおりますが。賑やかで、財貨の動きも激しい。私も好みます」

聖騎士の目つきが蔑《さげす》むようなそれに変わった。だが彼女は平然としたまま、笑みを崩さない。

「それであぶれた獣人たちの職を、どうなさるおつもり？」

「自由に好きな仕事につけば良い！　それこそが自由というものでしょう！」

「どうやら、財貨も職も、雲か霞《かすみ》のように生まれると思っていらっしゃるご様子」

それは鼻で笑うような嘲《あざけ》りだった。

「風さえも、無から生じて吹くものではありませんのにね」

聖騎士が鼻白むのをよそに、交易神の聖女は優雅な動きで椅子に座り直した。

どうぞ、続けて？　掌を差し出すように促され、至高神の聖騎士は苛立たしげに唸る。

王妹が彼の立場であったら、とてもではないが喋《しゃべ》れるものでもないだろうが――……。

「そもそも種族……種族というのがおかしい。みな同じ人だ。只人として扱うべきで――……」

――あ、言うんだ。

「この分だと、私の後任も女性にすべきだ、と言われそうだ」

「……わ」

思わず声をあげそうになったのは、不意に背後から、低くて魅惑的な囁《ささや》きがあったから。

ちらりと背もたれの向こうに目を向けると、そこには一人の男が、影のように佇《たたず》んでいた。

嫌らしいほど体にぴたりとした線の黒い礼服《タキシード》を着た、静観な顔つきの男。

執事の類《たぐい》だと言われても納得できるが、この伊達男の気障《きざ》っぷりは、自己主張が強すぎる。

彼の役割を相応に知っている王妹としては、呆れるほどではあるのだけれど――……。

「……そんな美形だと、目立ってしょうがないんじゃないの？」

「その分、能力が高いのでね」

兄、つまり国王の背後に控える銀髪の侍女が、鋭い目つきで此方を睨《にら》んでいた。

陛下の妹にちょっかいをかけるんじゃあないとでも言いたげだ。

もちろん、彼女の表情は変化に乏しいのだけれど、王妹にだって読み取れる事はある。

「おっと、ボスがお怒りだ。水の街から超特急で戻ってきたばかりだっていうのに」

「お疲れ様」

「おまけに勤務中は睡眠なしでね」

大方、演劇の一つは作れるほどの大立ち回りをしてきたに違いなかった。

するりと誰にも気づかれぬ動きで――交易神の聖女は気づいた？――伊達男は歩きだす。

きっとお兄様に報告するかなにかするのだろう。

会う度、会う度、顔の違うその男が何者かなんて事は、考えるまでもない話だ。

「……はふ……」

王妹は何度目かになる欠伸を、とうとう生かして表に逃してやることにした。

ひどく疲れていて、体が重く、頭が鈍い。芯からカッと熱くなり、すぐ冷えるようだった。

――疲れてる、よねえ。

うん、そうに決まっている。こんな不毛なやり取りに延々付き合っていれば、それも当然。

だから王妹は自分にのしかかる倦怠《けんたい》感を、ただそれだけで片付けて、忘れてしまった。

延々と踊り続ける会議が終わるまで——後どれくらいかかるのか、見当もつかない。
ただただ、ひどい——灰の臭いがしたような、そんな気がした。

第2章『皆はこう呼んだ』

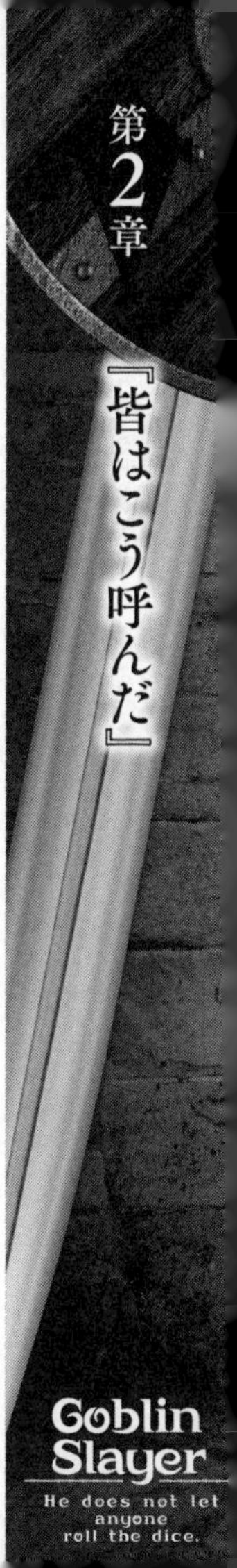
Goblin Slayer
He does not let anyone roll the dice.

熱気で満たされる、とはまさにこの事だ。

戦盆を円形に囲む、背の高い観客席。日除け用の天幕も張られたその数は、およそ九万。

緻密《ちみつ》な計算と設計によって配置された座席は、何処からでも戦いの光景を見逃さない。

だから観客たちだとて、どこの座席に割り当てられても、不満を漏らしはしない。

それよりもむしろ、入場券《テッセラ》を買えた幸運を、交易神に感謝する事だろう。

八十もの円形アーチ門のうち、観客用に割り当てられたアーチ門は七十六。

入場券には一から七十六までの番号が記されており、観客はその指定された門から入場する。

さらに列と座席の番号も書かれており、これで迷うことなく、自分の席へ辿《たど》り着けるのだ。

持参した敷物《しきもの》に座り、狭間を巡る売り子から食べ物飲み物を買い、今か今かと待ち受ける。

彼らが注目する戦盆は、白砂を敷き詰めて整えられた、円形の決闘場だ。

ここでは日々剣闘士たちが鎬《しのぎ》を削り、数々の激闘が繰り広げられてきた。

全てははるかな昔、この地で戦ったといわれる戦女神への奉納だ。

どうしてか最近は、戦女神の像への風当たりも強いのだが――……。

今日ばかりはそうではない。戦女神の像は隠されもせずに佇《たたず》み、闘技場を見下ろしている。

おお、戦女神様よご照覧《しょうらん》あれ！

だが注目すべきは、そうしたコロッセオの外見ばかりではない。

この戦盆、なんとなれば水をいっぱいに満たして船を浮かべ、水戦すらできるのだ。

地下に通路と控室や昇降機を増設したら、もう模擬海戦はできなくなる、と言われていた。

だがしかし鉱人《ドワーフ》による、文字通り水も漏らさぬ施工技術の素晴らしさときたら！

卓越したその技は見事なまでに石を組み上げ、全ての機構を保ったままの改築を成し遂げた。

戦女神が尊ぶのが困難と不可能に挑む心意気であるならば、彼らもまた勇士だといえよう。

そして今日、この時にもまた一人――勇士たらんという娘の姿が、地下の通路にあった。

「う、わあ……き、緊張してきた……！」

ぶるぶると震える彼女は、寄せ集めた鎧兜を纏《まと》い、驢馬《ろば》の上に跨《また》った圃人《レーア》の少女だ。

小柄な体軀《たいく》に見合わぬ物の具に、手にした競技用の騎兵槍は何とも滑稽《こっけい》なほどに大振りだ。

もっとも砕けやすい木製の槍の軽さを考慮しても、少女は軽々と槍を持っているのだが。

「ビビってるわけじゃないだろ？」

その驢馬の手綱を取っている少年は、ちらりと横目に相棒の顔を見やる。

綿入の目出帽を被り、その上から鉄兜《てつかぶと》を被った彼女は、息苦しいのか庇《ひさし》を上げている。

露わになった顔は何かを堪《こら》えるようにぎゅっと歯を食い縛り、瞳が左右に揺れていた。

「な、ないけど……か、体、震えちゃう……！」

「そりゃあ良い兆候《ちょうこう》だぜ」

たしか、という言葉は脳裏《のうり》にとどめて、少年は掌《てのひら》で彼女の太腿を、軽く叩いてやった。

鎧を纏《まと》っていなければこうはいかない。あるいは、こういう状況でもなければ、だ。

同年代――といっても年齢自体は随分《ずいぶん》と違うが――の少女と寝起きするのは、慣れない。

姉とは、まるっきり勝手が違う。

「頭と体ってのは、離れてて勝手に動く事もあるんだ。お前の体が戦う準備に入ったんだよ」

「ほ、ホント……？」

習った知識の受け売りに対して、圃人の少女は縋るような目を此方に向けてくる。

この土壇場《どたんば》で、不安になったのだろう――体の震えというのは、そのきっかけに過ぎない。

少年は、頭によぎるごちゃごちゃとした理屈を、舌に乗せる事なく飲み込んだ。

必要なのは理屈理論じゃあない事は、ここ数年の研鑽《けんさん》で、ちゃんと学んでいる。

「準備体操だ、ようは。少し自分でも体動かしておけ」

「そっか……。……うんっ」

少女は彼の言葉に素直に従って、鞍上《あんじょう》でぐるぐると腕を回し、体を揺さぶった。

がちゃがちゃと金音が鳴った後、彼女は再び「どうしよう」と心配げに彼を見た。

「ちょっと肩が上がんない、かも？」

「なら馬上槍にはそんな関係ないな」

だから、少年魔術師はばっさりとその不安を叩き切る。

不安というのは言葉で、つまりは呪文だ。真に力ある言葉でなくとも、言葉には力がある。

「剣術の試合の前に調整すりゃあ大丈夫だ」

「わ、わかった……！」

ほどなくして――前の戦いが終わったのだろう。

通路の奥、光指す戦盆の方から、わっという大歓声が上がる。

圃人の少女が深呼吸をするのがわかった。少年は背中を軽く叩いてやる。

うん、と。彼女が頷く。槍を持った手が、兜の庇を下ろすために動いていた。

「さ、どうぞ。貴女の番ですよ」

そして頃合いを見計らって、要所のみを覆った肌も露わな鎧の女が声をかけてくる。

戦女神の神官だ。急所さえ鎧えば、他の部位の守りは自力で対処できる偉大な戦士たち。

「どうぞご武運を！」

「ん、ありがとう……！」

圃人の少女は意を決してそう答えると、がちゃんと兜の留め具をかけて、息を吐いた。

「いこっ！」

「おっし」

応じて、少年魔術師は手綱を執って驢馬を歩ませた。蹄《ひづめ》の音を伴って、騎士が進む。

戦盆へと続く光がどんどん大きく、強くなり、やがて視界が白一色に染まり――――……。

「わ……ッ⁉」

耳をつんざくような大歓声が、頭上からの豪雨のように少女の全身に叩きつけられた。

だがしかしそれは、決して彼女を歓迎するようなものではない。

観衆の声はひとえに、ただただ、試合に対してのみ向けられたものだ。

思いの外《ほか》小さい小娘など、期待ハズレも良いところ。

派手に吹っ飛ぶか、そうでなければせいぜい粘ってくれれば良い。

そうした――圃人の少女の何もかもを軽視した、無慈悲な無関心がもたらす熱狂なのだ。

「う、ぁ……ッ」

がちがちと鳴りそうな歯の根を、少女はぐっと奥歯を噛みしめる事で押さえ込む。

だが、しかし――……。

――来るんじゃなかった。

場違いだった。恥をかくだけだ。やめた方が良い。

そんな、随分と昔に何度も聞かされ、反発し続けた言葉がぐるぐると頭の上を回る。

とっくの昔に追い払ったはずのそれらが、今になって伸し掛かり、押し潰そうとしてくる。

だって、見ると良い。

対戦相手――……戦盆に作られた、平行二本の馬場の向こうに立つ、騎士の姿を。

重厚な鎧兜。跨っているのも軍馬だろう。装飾過多なのは、馬上槍試合だから当然。

そう、その装飾だって今の自分の格好とは大違い。

おまけに傍《かたわ》らに立つ従者は、貴族もかくやという立派な出《い》で立《た》ちをしているではないか。

少女は紋章官という役職を知らない。相棒の少年が買って出てくれるまで、知らなかった。

だから、本物の騎士と本物の紋章官を前にして、どうして良いかわからなくなっていた。

「えー、ここにおわすは西方は草原の騎士。父は《死》との戦いで武勲《ぶくん》を立て、祖父は……」

その紋章官はといえば、巻物を広げては自らの主人の来歴を、訥々《とつとつ》と述べている。

だらだらと六代前まで遡《さかのぼ》っての、だらだらとした武勲話だ。

もちろん圃人の少女はそれどころではない。何を言われているのか、まるでわからない。

だから周囲の観客の歓声が静まっているのも、自分のせいだとしか思えなかった。

「なっちゃいねえな」

すぐ傍《そば》から、ぼそりと呟かれた言葉に、びくりと体が震えた。

少年魔術師だ。

鉄兜をがちゃがちゃ鳴らして彼を見ると、少年は「見てろ」と一言言って前に歩み出た。

いや、一言ではない。《拡大》と、三言呟いたのに、圃人の少女は気がついていた。

「これなるはッ！　圃人の庄が一の剣ッ！！！」


ビリビリと、大気が震えた。

少年の大音声は雷鳴の如く闘技場全体に響き渡り、観客たちの口を一突きに貫き、閉ざす。

一瞬の静寂、沈黙。場の空気を一息に呑んだように、少年魔術師は腕を大きく振った。


「始めの師は深き山下の迷宮より帰還せし偉大なりし冒険者、圃人の大剣豪！」


覚えてたんだ。圃人の少女は鉄兜の下で、僅かに目を見開いた。

ほんのちょっぴりとだけ語った昔の事。庄の事は嫌いじゃないけど、楽しい思い出は少ない。

偏屈で変わり者の爺様から、剣を習った。ただただ棒を息が切れて倒れるまで振る稽古。

何もかもそこが始まり。爺様から剣を習わなければ、自分は今、此処《ここ》にはいないのだ。


「朝な夕なと剣を振り、千日の稽古を鍛とし、万日の稽古を錬とした業の冴え！」


だから、続く言葉にほんの僅《わず》かに笑ってしまった。

そこまで年上じゃないよ、なんて言葉が圃人の少女の口から小さく零《こぼ》れた。

たったそれだけで、強張っていた顎《あご》が緩み、体に息が廻る。

「その一突きは稲妻の如し速さで敵を穿つ！　どうか皆々様、ご照覧あれ！」


少年が優雅な動きで一礼をすれば、僅かな空白の後、わっと大歓声が巻き起こる。

それでもまだ、圃人の少女に向けられたものではない。

なんだか面白くなりそうだぞ、と。ただそれだけの、勝手な熱狂と興奮。

だがしかし、圃人の少女にとっては、随分と大きな違いであった。

「ね、どこであんなの習ったの……？」

大きく息を吐いて戻ってきた彼の袖を篭手で引くようにして、そっと尋ねる。

「爺からだよ」というのは師匠の事だろうか。「魔術師なら詩吟の一つも覚えておけとさ」

少年魔術師は忌々《いまいま》しげにそう言うと、最後にもう一度、彼女の背を軽く叩いた。

「ほら、向こう見ろ。言った事忘れんなよ」

「う、うん……ッ！」

圃人の少女は深呼吸を繰り返し、驢馬の手綱を引いて駒を前に進めた。

庄でやったのとはまるで違う、整備されて整えられた土の馬場。

はるか遠くに見えるその向こうでは、綺羅《きら》びやかな騎士が勝ち誇ったような佇まい。

いや、勝手にそう思ってしまっているだけだろうか。わからない。関係のないことだ。

——そうだ、私の一突きは稲妻なんだ。

バッと大きく翻って、審判が旗を振る。驢馬の横腹に、拍車を叩き込んだ。

「や、あああああ……ッ!!」

「おおおおおッ!!」

どっと水の中に飛び込んだように空気が粘つき、時間の流れが遅くなるように感じる。

ぎゅうっと視界がすぼまって、相手の一点しか見えなくなる。

右腕を持ち上げる。掛けがねに槍をかけないと。違う。そうだ。あってる。じゃなくて。

——いいか。

とは、ここに来るまでの道中、常々あの少年から語り聞かされてた事だ。

それがやっと、此処に来て、頭の中の箱から転がり出てきてくれた。

——威力ってやつは、理《ことわり》だ。速さと重さと力、この三つから出てくる。

それと伝達だ。そう呟いてから、少年は顔をしかめて『四つ』だと言い直した。

——この伝達ってやつは、三つの点だ。支点、力点、作用点。

——意味がよくわかんないよ。むつかしくって。

真剣に聞いていたって、わからない事はある。

——体格で劣るお前は絶対に不利だ。力もまあ、弱い。事実としてな。

——うん。

不精不精《ふしょうぶしょう》、少女は頷いたものだった。彼我《ひが》の体格差は、わかる。

戦う前に有利不利を計算する小賢しさは臆病《おくびょう》者のすることだなんて、そんな話も過《よぎ》る。

けど、少年は、彼は、勝つための方法を教えてくれるのだ。だから、頷いた。だから、聞く。

——けど速度は向こうが勝手に出してくれる。てことは、後は伝達の問題だ。

——つまり?

——落馬するな。正面から受けるな。槍をしっかり構えて、正しいところに先に当てろ。

何もかもが噛み合ったように、槍が金具に引っかかるのを感じた。

圃人の少女は、ぐいと体を思い切り前に倒した。胸甲で押し潰された胸が、ひどく苦しい。

がぎりと耳元の上、鉄兜を穂先が掠《かす》める。木が砕ける音。衝撃。揺さぶられる。構うな。

「きィ、えええええええぇぇえええ……ッ!!」

そして雄叫びと共に、彼女は槍を思い切り下から、野火《のび》が燃え上がるように繰り出した。

右腕が石壁でも叩いたように震え、痺《しび》れ、槍の穂先が砕け散って弾け飛ぶ。

時間の流れが、一気に追いついた。

水の中から水面へ飛び上がったように空気が吹き抜けて、音が蘇ってくる。

「は、ァ……ッ」

圃人の少女は息苦しい鉄兜の下で、陸に打ち上げられた魚のように喘《あえ》いだ。

だが、休んでいる暇はない。ぐるりと血が廻る頭の中で、焦りだけが膨れ上がっていく。

「剣の試合……ッ！」

そう一声叫んで、圃人の少女は自身の驢馬から飛び降りた。

重たい甲冑のせいでぐらりと体が傾ぐ。いや、息ができないせいだろうか。わからない。

転げそうになったところを、大慌てで横から伸ばされた細い腕が支えてくれた。

「直して、鎧！　肩、早く……!!」

「落ち着けよ」

がちゃりと兜が引っこ抜かれて、目出し帽を一摑《ひとつか》みに脱がされる。

汗ばんで火照《ほて》った頬《ほお》と額に風が流れ込んで、圃人の少女は「ふぁっ」と声を漏らした。

「お、落ち着いてるってば！　でも時間が――……！」

「だから、落ち着いて向こう見ろって」

「え――……？」

言われて見た視線の先には、仰向けに転げた鎧姿の騎士があった。

いや、何も彼ばかりではない。兜がからからと、音を立てて馬場を転がっている。

大慌てで紋章官が駆け寄って、水を浴びせたりしてはいるが――……。

「一発で気絶したらしいぜ」

にやりと笑った少年の言葉で、圃人の少女は、やっと我に返ったようだった。

今や彼女は闘技場に詰めかけた観客の視線が、一身に突き刺さっている事にも気がついた。う、だの。あ、だの。戸惑いと、羞恥と、興奮と、困惑。

感情が渦を巻く中で、細い割に力強い少年の腕が、彼女の腕を取って高らかに掲げた。

窮屈《きゅうくつ》な鎧の肩が、嘘のようになめらかに回る。わ、と見上げた先に、視界いっぱいの観客席。

「見よ、これが圃人の一突き《スティング》なり！　闇の蜘蛛をも屠《ほふ》る一撃よ‼」

今度こそ、少女のための大歓声が、轟《とどろ》き渡った。

§

「わあ……！　勝ちましたよっ！　勝ちました……ッ！」

「うむ」

女神官は無邪気に手を叩いて喜び、ゴブリンスレイヤーは腕を組んで短く頷く。

万雷の喝采《かっさい》の中でただ幾《いく》つかの例外があったとすれば、その一つはこの観覧席であろう。

一般客の座る席とは少しばかり格の違う、貴族らのための個室めいた空間。

女神官も妖精弓手《エルフ》も受付嬢も、牛飼娘とて、最初から知己《ちき》の勝利を願っていたのだから。

「まさかあの子たちが出てるとは思わなかったわね」

立派になったもんだと妖精弓手が手を叩きながら呟くのに、「うむ」とまた頷きが一つ。

彼女はくすくすと鈴の音を鳴らすように笑い声を転がした。

「オルクボルグ、そればっかりね」

「そうか？」

「そうよ」

だがまあ、悪い事ではあるまい。妖精弓手は無邪気にそう結論づけて、目を細めた。

この男が、珍しく──そうでもないか？──気にかけた後身の一人だ。

只人《ヒューム》の世の名誉栄達なんてのは良く知らないが、大会で勝つのは純粋に良いことだろう。

──オルクボルグにあの子みたいな絶賛の言葉は無理だしねえ。

この薄汚れた冒険者が詩吟なぞを突然はじめたら、上の森人《かみエルフ》だって驚愕せざるを得まい。

妖精弓手はそう結論づけると、早々に興味をよその方へと飛ばした。

気になる事は、数多いのだ。例えば──……そう。

「三本勝負って話だったけど、今のって兜に当てて落馬したから勝ちなのよね？」

例えば、今まさにみんなで熱狂している、この馬上槍試合のルールなんかがまさにそれ。

妖精弓手はピンと立てた人差し指をくるりと回し、傍らの巨漢へと問いを投げかける。

「落馬しなかったら、どうやって勝ち負けを決めるの？」

「うむ。槍が砕けたのはご覧になられたと思いまするが」

のっそりと、含蓄《がんちく》有る口振りで蜥蜴僧侶《リザードマン》がその長首をもたげた。

「見た見た。二本とも、ぱぁんって粉々になってた」

「槍が砕けたという事は、命中したという事。故に砕いた側が一本となりますな」

落馬しなければ、上手く槍が砕けた側の一本。両者砕けるか、砕けなければ、引き分け。

もちろん両者落馬したり、あるいは三度やっても同点という事もあるだろうが——……。

「剣の試合もありますれば、槍を交えるだけでは終わらぬものなのだ」

合法化された模擬戦争の何と尊いことか！

彼が脚に尾を絡ませて来るのをくすぐったげにあしらいながら、妖精弓手は頷く。

「だけどあれって本物の槍じゃないわよね。砕けるように作ってるにしても、脆《もろ》すぎない？」

「脆くしとるんだ」とは、鉱人道士《ドワーフ》。「その分、鎧の中身に痛痒《つうよう》が通らんかんの」

武具に一家言《いっかげん》あるのは鉱人の常だ。酒と鍛冶について語らせたら、鉱人の口は止まらない。

曰くじゅうの突撃に匹敵《ひってき》する衝撃なのだとか。

曰く砕けた槍の破片が刺さって死んだ王もいるのだとか。

そんな薀蓄《うんちく》を妖精弓手は「ふぅん」と聞き流しながら、ちらと横に目を向ける。

「だからあんなに分厚い鎧を着るのね。只人は見栄っ張りなだけかと思ってたけど」

「確かに、色鮮《いろあざやか》で、派手な鎧でしたものね」

なんて相槌を打つ女神官も横目で見ているのは、薄汚れて安っぽい鎧兜姿の冒険者。

眼下の戦盆、高々と少女の腕を掲げる少年を眺め、腕組みをして満足気に頷く男だ。

──大違い。

なんて思考が過《よぎ》るのも止むを得ないのだが、別に咎《とが》めだてるつもりもない。

我らが一党《パーティ》の頭目《リーダー》は、このように何か変な冒険者で、それに不満はないのだから。

「落馬も馬ごと倒れたなら馬のせいであって騎士の負けとはなりませんから、無効ですね」

いずれにせよ気絶してしまったのなら、それで終《しま》いだ。

受付嬢がやや遠慮がちに、そう短く付け加える。

そう、遠慮がちに、だ。それが牛飼娘にとっては、ちょっぴり疑問ではあった。

昨夜は二人きりで何やらお散歩をしていたらしいのだけれど──……。

──けど、まあ。

それならそれで、今は自分の手番という事で良いやと、牛飼娘は結論づけた。

何しろ、彼女は朝から上機嫌なのだった。

せっかくの大会見物。せっかく昨日買った衣装。

であるならばとおめかしして披露した感想は「似合っている……と思うが」だったから。

「やっぱり、嬉しい？」

それに何より、彼がひどく満足そうにしているのは、何と言っても嬉しい事だったから。

だからスッと彼の横に寄って、下から見上げるようにして鉄兜を覗《のぞ》き込む。

「む……」と漏れた声は、言葉の意味を解しかねているといった風。

それがなんとも言えず愉快《ゆかい》に思えて、牛飼娘は緩む頬を引き締めるのが難しかった。

「あの子たちが勝ってるの」

後輩でしょ？　なんて。仕方ないなあと、教えてあげると。

「ふむ……」

彼はそう言って俯くと、ひとしきり黙り込んだ後、ぼそぼそと呟いた。

「……そうか、そうだな」

自分はたぶん、喜んでいるのだと、彼は頷いた。

それはきっと、単純に少年魔術師と圃人の少女が『勝った』からではあるまい。

故郷を離れ辺境の街で訓練を受けていた頃は、彼らは凡百《ぼんぴゃく》の冒険者であった。

それが世に打って出て、今やこうして王都の大会で衆目《しゅうもく》の前に立っている。

その事実こそが、きっと、彼にとっては嬉しいのだろう。

――きみだって銀等級なのにねえ。

牛飼娘には冒険者の等級も良くわからないが、生半《なまなか》な事ではないだろうに。

「そういえば、他の銀等級の方々は出てないんですか？　槍の人と、大剣の人」

「ああ、あの方々は、あまりこういったものに興味がないので――……」

と、不意に傍らで聞こえていた受付嬢の言葉が、中途半端に途切れた。

いや、それを言えばその前に聞こえた言葉も、牛飼娘には聞き覚えが無いものだ。

うん？　と思って目を向ければ、そこには見慣れた地母神の神官装束。

だから一瞬、牛飼娘は女神官が質問したのかと思った。だが、違う。

体つきも、髪の長さも、あるいは表情だって、女神官とは似て非なる娘。

その彼女が牛飼娘と目を合わせ、にこっと、雲間から出た太陽のような笑みを浮かべる。

「お邪魔してまーすっ」

「で、殿下……ッ⁉」

ざ、と。受付嬢が腰を浮かして畏《かしこ》まる。牛飼娘は「でんか？」と小首を傾げた。

「い、いつからしたのですか……⁉　ええと、これは大変失礼な――……」

「あ、いいの、いいの。お忍びっていうか、抜け出してきたというか、そんな感じだから」

王妹――だとは牛飼娘は知らないが――は、けらけらと笑い、ひらひらと手を振る。

その瞳がいたずらっぽく輝いて、ついと動いて、よく似た見た目の少女へと動く。

「お久しぶりです。元気にしていました？」

「あ、はいっ！」

こちらは、花のほころぶような女神官の微笑《ほほえ》み。

――うん。やっぱり似ているけど、違うなあ。

瓜二つの少女たちでも、二人のどちらかを知っていれば、違いは明白だ。

ともあれ女性陣が増えて賑《にぎ》やか、華やかになるのは良いことだ。

何より、友人関係となった彼女を拒むような者はこの場にいない。

蜥蜴僧侶がのそりと巨体を動かし妖精弓手が追従《ついじゅう》、場所を開ければ彼女はするりと滑り込む。

受付嬢はなにやら居心地悪く身じろぎをしていたが、構わず鉱人道士が呵々《かか》と笑った。

「なんでえ、姫さん」(牛飼娘は「ひめ？」と首を傾げた)「サボタージュかや」

「はい。もう、会議が長くって長くって……。抜け出して来ちゃいました」

王妹は悪びれもなく舌を出して微笑み、受付嬢がお腹に手を当てて笑みを引きつらせた。

――あれ？

それを見て、女神官はぱちくりと僅かに瞬きをした。

顔色が悪い。いや、受付嬢の方ではなく。王妹の方が、だ。

もちろん彼女は自分よりも色白だし、肌艶《はだつや》も良いが、それだけではない。

血の気が薄いような――疲れている、というのとも違うのだけれど。

「あの、大丈夫ですか……？」

だから気が付いた時、女神官は自然とそう問いかけていた。

首筋がちりちりと疼《うず》くような感覚。嫌な予感が、どうにも拭えない。

「ん、大丈夫、へーき。ちょっとたぶん、疲れてるだけですから」

とは言うものの、妖精弓手の方も些《いささ》か気になったようではあったらしい。

あるいはそれは、やはり似たような立場にある身としての共感だったのか。

彼女は王妹の顔を覗き込み、どこかたしなめるような唇で言った。

「只人の寿命は短いって言ったって、そこまでせかせかしなくて良いんじゃない？」

「森人《エルフ》の皆さんみたいな尺度で考えてられたら良いんですけどねー」

あはは。そう笑った王妹の体が、不意に大きく傾いだ。

あ、と。思う間もなく、その華奢《きやしや》な体躯がぐらりと崩れる。

「わ……⁉」

「ちょ、ちょっと……ッ⁉」

咄嗟《とつさ》の動き。こういう時、目を瞠るのは上の森人の俊敏さだ。

女神官が手を伸ばすよりも早く、妖精弓手の細腕が、それに見合わぬ力強さで抱きとめる。

ぐったりと弛緩《しかん》した王妹の顔色は白を通り越して青く、はひ、はひ、と呼吸も——浅い。

「まずいわね、これ。熱もあるわよ」

「殿下……ッ⁉」

思わず、受付嬢が声を上げる。牛飼娘もまた腰を浮かした。これは、どう見ても良くない。

呼び名に対する疑問なんて、まったく頭から吹き飛んでしまっていた。

牛飼娘はさっと傍に寄ると跪《ひざまず》き、少女の服の襟元へと手を伸ばした。

「とにかく、服を緩めよう！　他に何すれば良い⁉」

「飲み物――お水ありますよね！　汗を拭いて――……」

妖精弓手が支えている間に、少女らによる看護が手際よく行われていく。

それを呆然《ぼうぜん》と見遣っていた受付嬢に、女神官は「お医者様を！」と声を上げた。

「わたしの癒《い》やしの奇跡では、病はどうにもなりません……！」

「あ、ええ。わかりました……！」

は、と。我に返った受付嬢が頷くのを制して、ゴブリンスレイヤーが低い声で言った。

「ならば、俺も行こう」

彼はそう言うと俊敏な身のこなしで立ち上がり、躊躇《ちゅうちょ》なく盾と腰の雑嚢《ざつのう》を外して身軽になる。

「案内してくれ。それから、呼ぶべき相手を呼べ。俺にはわからん」

そのぶっきらぼうな口振りの意味を、察せない受付嬢ではない。

彼女はその優秀な頭脳をすぐに巡らせて、感謝と共に「わかりました」と応じた。

――もう大丈夫。私は冷静です。……やれます。

受付嬢が頷くのを認めて、ゴブリンスレイヤーもまた頷く。鉄兜がぐるりと巡った。

「すまんが、此方は頼めるか」

「頼むも何も、のう」

応じた鉱人道士と、長首を揺らめかす蜥蜴僧侶もまた、既に椅子からは立ち上がっていた。

いや、単に立ち上がっているだけではない。

鉱人道士の手は触媒の鞄に添えられ、蜥蜴僧侶は爪の生え揃った手足を既に解している。

誰が倒れたのかを思えばこそ、迅速な――着実に主導権《イニシアティブ》を握る構えであった。

「観客に当てられたのだとも言うておけ」

「でしょうなあ。御婦人には些か刺激が強すぎたご様子」

わざとらしく、もっともな口振り。受付嬢としては感謝するより他なく、小さく会釈をする。

「良いから、さっさと行っちまいな。あんま良くねえ状況だろ」

鉱人道士の手振りに受付嬢が「あ、はい！」と応えるより早く、ふわりと体が浮いた。

「ひゃ……ッ⁉」

「走るぞ」と、いう声は彼女の脇腹のあたり。肩に担ぎ上げられたのだと、それでわかった。

「案内を頼む」

「え、あ、わ……ッ⁉」

その後は、あっという間だ。闘技場の廊下《ろうか》に飛び出し、ひた走る。運ばれる。

――これじゃあ、私が患者と思われてしまうのじゃ……？

混乱と、焦りと、羞恥と。ぐちゃぐちゃになった頭に、ふとそんな思考が過る。

だがそれでも彼女は、最後に認識したものを忘れてはいなかった。

王妹殿下の襟元、そこを覗き込んだ女神官が、声を震わせながら呟いていたのだ。

「この、烙印《らくいん》は――……」

四方世界《しほうせかい》に冒険の種は尽きまじ。

であるならば、冒険あるところに冒険者ありというのも、また四方世界の真理なのだ。

§

「状況は、あまり良くない」

《転移》したかの如き勢いで駆けつけた美丈夫《びじょうふ》は、冷静沈着そのものの調子でそう言った。

医務室と呼ぶには些か豪華な、王妹の眠る部屋からは場所を移して、貴賓室《きひんしつ》での事だ。

受付嬢はひどく緊張した面持ちで、牛飼娘は単に偉い人なのだろうなと思っている様子。

それが恐らくは普通なのだろうけれど、女神官としては以前にもお会いした御方である。

――というより、王様や王妃さまと会うのは……。

これで三度か、四度。

森人の王妃、北方の奥方、それに馬人《ケンタウロス》の姫も踏まえれば、いい加減慣れるというものだ。

――慣れるというものだ、なんて！

そんな事を思う自分の図太さに笑みさえ浮かぶが、状況は無論、理解している。

「ただの病、ということではないと思うのです」

まったく慣れない柔らかな長椅子の上で、女神官は薄い尻を浮かせて言った。

「以前にさるご令嬢に押されたものを見たことがあります。あの烙印は、おそらく――……」

「呪い」と言葉を受け継いで、若き国王は頷いた。「で、あろうな」

はい。女神官は声に出さずに頷いて、ちらと仲間たちの方を見やった。

皆思い思いの様子で、腕を組んで壁際に立つなり、長椅子に座るなりして、話を聞いている。

頭目である薄汚れた格好の男は黙りこくった様子で、立ち尽くしているようにも思えた。

いつの間にやら交渉役を任されているらしい事に、女神官はなんとも面映《おもは》ゆい気持ちだった。

どれぐらい、からだろう。

そうして任されるようになった事は嬉しくもあり、同時に不安で、寂しくもあった。

自分の、じきに翠玉にも昇級しようかという認識票が、鍍金なのではという不安だ。

だが上手くやらねばならないというのは勝手な考え。自分本位なのも、わかっている。

何しろ今呪われているのは――彼女自身の、大事な友人なのだから。

「実のところ、心当たりという意味では、ないではない」

国の王　勇者を集め　さてと言う。

そんな戯れ歌の通りに、若き国王は冒険者らを睥睨《へいげい》して重々しく言った。

「私がまだ冒険者であった頃、王都では不死王なる吸血鬼が跳梁跋扈《ちょうりょうばっこ》していた」

不死王に従わないものは、恐ろしい惨劇に見舞われたという。

「その拠点は何処か」

懐かしさと悔恨と無慈悲なまでの冷徹《れいてつ》さを込めて、王は自分の爪先で、床を軽く叩いた。

「王都の地下には、古の魔穴がある。一度は封じたが、その封が緩みつつあるのだ」

それは先の——いや、かつての《死の迷宮》における戦いにおける、伝説の一幕。

偉大なりし六英雄《オールスターズ》が迷宮の深淵にて、魔神王を討ったのと同刻。

若き王子と仲間たちは魔穴を支配する魔神、不死の王を滅ぼして都を救い、王となった。

そして彼の率いる軍勢が、死人の軍勢《アーミーオブダークネス》を迎え撃ったのだ。

幼かった女神官はもう覚えていないが、それは馴染み深い、叙事詩たりうる武勲の一つ。

「じゃあ、魔穴ってのに潜って再封印して来れば呪いも解決？」

妖精弓手が、するりと自然な調子で、その美しい声を滑り込ませた。

同じ王族という立場故の気軽さか、上の森人の気位の高さ、彼女生来の人懐っこさからか。

あるいはその全部の渾然一体《こんぜんいったい》となった、友人に語りかけるような口振りであった。

思わず受付嬢の頬がぴくりと震えるのを女神官は見たが、王は気にせず、首を横に振る。

「半分は当たっているが、行く先は魔穴ではない。封印の要は別にあるのだ」

「地図は此方に」

——わ。

王の傍らに銀髪の侍女が控えていた事を、女神官は彼女が声を出すまで気が付かなかった。

まるで影のようだと思わせる存在感の薄さは、どことなく妖精のそれにも似る。

そう、上の森人たる妖精弓手とはまた似て非なる、風のような可憐《かれん》さがそこにあった。

ともあれ。

卓上に広げられた羊皮紙には、古めかしい地図が描かれていた。

そして若き国王の指し示した一点に、女神官はまたしても「あ」の形に口を開いた。

「この山に、地母神の古い祠《ほこら》があってな。そこにある、地母神の杖こそが封印の要だ」

「聞いたことはあります」女神官は、声を震わせて頷いた。「失われたと、ばかり――……」

「そうしておいた方が、何かと都合が良かったのでな」

地母神の杖といえば邪悪なものを阻む結界を張れる、神器の一つである。

失われたその所在について、国王は事もなげに、悪びれもなくそう言うのだ。

――いや。

きっと地母神寺院の上層部は、全て承知のことなのに違いない。

末端である自分が知らないだけで――……。

「だが問題が一つある。この祠に、混沌の勢力が入り込んでしまったようなのだ」

侍女が一瞬国王を小突いたように見えたのは気の所為《せい》だろう。

何故ならば王は表情一つ変えることなく、淡々とそう言って、説明を続けたのだから。

「物見に行かせた者が、その祠で小鬼を見たと言っていてな……」

「それは異な事を申されますな」

のっそりと、長き眠りから目覚めた竜さながらに蜥蜴僧侶が長首をもたげた。

「都の守りの要となるものが、混沌の手に落ちたと？」

率直な意見に、国王の表情が「そう言ってくれるな」と僅かに緩む。

「大会の開催に加えて、四六時中内側を引っ掻き回されていてな。手が回らんのだ」

「ま、どっこもかしこも、金槌《ハンマー》と燃瓶《フラスコ》は有限だものな」

鉱人道士がもっともらしく、髭をしごいて頷いた。ばかりか、王の前で腰の酒を一舐めする。

受付嬢としては生きた心地もしないだろうが、国王は咎め立てる気もないらしい。

鉱人から酒を取り上げる事ができるのは、鉱人の王か、貴き上古の森人の奥方のみだ。

「何にせよ、その地母神の杖を取ってくれれば良いってわけね」

だいたいわかったと言わんばかり、妖精弓手がその長い耳を振って、薄い胸を反らした。

ほんとにわかったのかと胡乱《うろん》げな鉱人道士の視線もなんのその。彼女は女神官の肩を持つ。

「まさにピッタリのお役目じゃない！」

「そう……でしょうか？」

「そうよ！」

どこか不安げな様子の女神官を励ますように、妖精弓手は声を弾ませる。が――……。

「いや」と、国王が、初めて言葉をつまらせた。

彼は目を瞑《つむ》り、低く息を吸って、吐くと、淡々とした声で、言葉を続けた。

「その娘には、残ってもらいたい」

え――……と戸惑う女神官が瞬きした時には、国王の顔から躊躇は消えている。

「幾つか理由はある。……卿《けい》には以前も、良い働きをしてもらったな」

そして国王の目線が、一人の男へと向いた。

壁際に所在なさげに佇む、安っぽい鉄兜と薄汚れた革鎧の男に。

「騒ぎになれば敵の思う壺《つぼ》だ。故、件《くだん》の祠に、金等級を差し向けるわけにはいかん」

何故ならば。

「……ゴブリンか」

ひどく無機質な、人の声とは思えぬほどに冷え切った声だった。そうだと、王は応じる。

「山奥の祠に小鬼が住み着いた。これに金等級の冒険者を送る。何かあると喧伝するが如しだ」

だが。

だが、しかし。

「卿ならば別だ。卿には、この祠に巣食った小鬼どもを――――……」

「お、お待ち下さい……！」

受付嬢が、震える声と共に立ち上がった。

青褪《あおざ》めた顔で、汗を滲《にじ》ませ、恐怖と緊張に身を痙攣《けいれん》させるようにしながら、彼女は言った。

「お、おそれ、ながら……畏《おそ》れながら……。わ、私は、彼を担当する、ギルドの職員、です」

声が上擦り、掠れる。喉《のど》がひゅう、ひゅう、と。息苦しく、鳴いた。

「ですので、あの。そのような、依頼は…………仲介──……」

できかねる、と。その一言が、どうしても喉から出なかった。

だって、そうなのだ。

彼は今、着実に、立派に、銀等級の冒険者として歩み続けているではないか。

何年もかかった。その歩みをずっと見てきた。ようやくなのだ。ようやく、此処からだ。

それをまた、ゴブリン退治の専門家だなんて、ずっと小鬼を退治させるような事には。

──戻したく、ない。

だって、彼は立派な、銀等級の冒険者なのだから。

──だけど。

だけど、だからこそ、他にどうしようもない事も受付嬢にはわかっていた。

他の誰が行ける？　この場の、彼を除いた五人──いや四人の銀等級か？

それでも良いだろう。だがこれは国王からの勅命《ちょくめい》だ。それを彼に拒否させる事になる。

正規の記録に残るわけではない。だが、残らないからこそ、汚点となるものでもある。

それに何より、小鬼を殺す事にかけて、彼の他に、誰が────……。

「構わん」

低い声だった。

「え――……?」

「構わん、と。言った」

俺はな。短く、ぼそぼそとした呟き。鉄兜の下からの、くぐもった声。

どうして? 受付嬢は何も、言葉にして問うたわけではなかった。

だが彼は鉄兜の庇を透かして彼女を見て、頷いた。

「前に」と、彼は一度言葉を区切った。「助けてもらったからな」

それがどの時の事を言っているのか、受付嬢には一瞬、わからなかった。

そしてすぐに、もう何年も前になる、あの小鬼の大群の騒動の事だと思い至った。

彼自身がどうしようもなかったあの時に、咄嗟に機転を回したのが自分だった。

別に感謝されたり、恩着せがましくしようと思ったわけではない。

「い、いえ。あれは、別にそういうつもりでは……!」

ないのだ、という言葉も、やはり喉からは出てこなかった。

彼が立ち上がり、受付嬢をかばうように立って、国王に対峙してくれたからだ。

「ゴブリンならば、俺が行こう」

「……受けてくれるか」

「ああ」

彼は――彼はようやく、あらゆる歯車ががちりと噛み合ったような心持ちであった。
――結局の所、自分は異端者《アウトサイダー》なのだ。
都を訪れ、祭りを眺め、大会を見物し、心躍る部分はあった。
だがしかし、あそこは自分の居場所ではないとも、思った。
このような状況にでもならない限り、出番はない。
そして出番がない事は、喜ばしいことだ。
――だが、構うことはない。
それで良いと決めて、そうしようと歩いてきた。
目の前の小鬼を仕留めて、次へ進む。それで十分。
それで十分、自分は報われている。
「良くわからないけど」
ぽつり、と。幼なじみの少女の声が耳に届いた。
彼女は状況を、さしてわかってはいないだろう。自分だとてそうだ。
まつりごと、国のこと、王のこと。何も良くはわかっていない。
ただ自分が必要とされた。であれば、やることは一つだ。
「冒険に行く……んだよね」
「いや」

彼は、ゆっくりと首を横に振った。

これは冒険ではない。

「ゴブリン退治だ」

故に彼を、皆はこう呼ぶのだ。

——小鬼を殺す者《ゴブリンスレイヤー》。

間章 「冒険者、王都へ行く《カミング・トゥ・アドベンチャー》」

「あ、ありがとうございました……っ」

ぴょんと馬車を降りた黒髪の少女は、ぺこりと勢いよく頭を下げて、背中の鞄《かばん》を揺らした。

「いや、此方としても同道してくれる人がいて助かりました」

応じるのも、やはり黒髪の娘だ。長い髪を一本に括り、薔薇《ばら》の花飾りをつけ、腰には湾刀。

一見して少女と同年代かに思えたが、裸足《はだし》である所を見るだに、此方は圃人《レーア》のようだった。

「うちの一党《パーティ》は四人ですが、皆戦士と術師の兼業《けんぎょう》なものですから……」

専業の前衛がいてくれると安心なのだと言われ、少女は「えへへ」と頬《ほお》を赤らめた。

「あなたも、大会の見物でしたっけ？」

「え、あ、えと」と始原の大渦、嵐の名を持つ少女はこくこくと頷いた。

「それに、その、都も……」

見てみたくて、という声は少し恥ずかしくて、掠《かす》れて消えてしまうようだったけれど。

圃人の女剣士は、しかしそれを嘲《あざけ》る事もなく「そうですか」と穏やかに受け止めてくれた。

「実は私達も、都は初めてなんですよ」

「もしまた会うことがありましたら。どうぞよろしく」

少女が大慌てで何度も頭を上下に振ると、圃人の娘は「では」と言って、歩き出した。

わあ、と。少女が思わず見惚《みと》れてしまうような神官の女性と、蜥蜴人《リザードマン》の老人、森人《エルフ》の青年。

そんな仲間たちと共に王都の雑踏《ざっとう》へ紛れていく彼女の背を見送って、ほう、と一息。

──いよいよ、ひとりだなぁ。

ぽつねんと、王都の恐るべき(!)喧騒《けんそう》の中に立ち尽くす自分を、少女は見出していた。

別に、何か明白な目的があったわけではない。

ただ王都で大会が開かれると聞いて、行ってみたいなあと思って。

はたと、別に行ったたって誰から何か言われるわけでもないという事に気がついたのだ。

村にいれば周囲の人々からやいのやいのと言われたけれど、今はもうそんな事も無い。

彼女は一人の冒険者で、自由人なのだ。

大慌てで財布の中を確かめて、ギルドの人に旅費を聞いて、少しはお小遣いも欲しくって。

あれこれと自分一人でもできそうな冒険を積み重ねて、お金を貯めて、そして今。

「……………来ちゃった」

信じられない、と思う。

自分が絶対に来る事はないだろう、見ることはないだろうと思った場所に、今、いる。


「え……」

目の前に広がっているのは、夢にも見たことがない、まったく考えられない景色《けしき》。

少女は思わず、その場でぴょんぴょんと小さく跳んで、地面を踏んで見る。

——王都の地面の感触だ……！

見上げれば高い建物に切り取られているはずなのに、なぜだか空がずいぶんと低く感じる。

聞こえる音も、漂ってくる臭いも、人の多さも、何もかもが知らないものばかり。

——クラクラしてきちゃう……。

少女は揺れる黒い縞瑪瑙《しまめのう》の魔除けをぎゅっと握りしめて、どぎまぎする心臓を押さえた。

馬車の護衛の仕事にあいのりさせてもらったお陰で、交通費もだいぶ節約できた。

——どうしよう。

何に使おうか。ご飯。お菓子。洋服。飾り物。武器とか、防具とか。

あ、そもそも大会の見料って取られるんだろうか。取られるよね。どうしようかな……。

「え、っと……」

少女はもたもたとしながら、そっと道の端に寄って、じっと通りを眺めながら思案する。

立ち止まって考える事は大事だし、得意だ。

都にきた。大会を見る。あれこれ遊んだりとか、一人で、やってみたい。なら。

——宿、とらなきゃ。

一人で、都の宿に、部屋を借りて、泊まる！

そんなの初めてだ。やったことがあるという人の話も聞いたことがない。

どうせなら大きいところに泊まってみたいけど——大きいところ……ええと。

「……そうだ」

少女は今更ながらに浮足だって、小走りに、そうっと大路の端を歩き出した。

——お城を、見よう！

何と言っても、王都だ。王様のいる場所なのだ。それを見なけりゃ始まらない。

少女は大混雑の人混みを、右に押され、左に押されながら城目掛けて駆けていった。

幸いにして、城は都で一番目立つ建物だ。どうやったって迷うことはない。

群衆に埋もれてしまうほど小さな自分だって、ひょこひょこと見上げれば見えるもの。

ほどなくしてたどり着いた王城は、競技場（闘技場とは違うそうだ！）のすぐ傍《そば》。

少女の目からするとそれは複雑に柱と回廊《かいろう》が組み合った、巨大なお屋敷のように見えた。

それは実際間違いではない。

この国が興るよりずっと以前の古き王の宮殿を、都を引き継いだ王家が改修したものだ。

水道橋を始め都の様々な設備の全てはそうして受け継がれてきたものばかり。

宮殿の威容《いよう》もまた同じで、少女はこんな大きな建物を生まれて初めて目の当たりにしていた。

「ホントに出るつもりですか？」

「そりゃあ剣術だけならボクはダメだけど、馬に乗るなら違うもんねー！」

「止めても無駄。……言い出すと聞かない」

似たような物見遊山《ものみゆさん》の旅客たちも多く、城前はたいへん混雑し、ごった返していた。

押し合いへし合いもみ合いながらお城を見上げていた少女は、はたとその一人と目が合う。

それはやはり黒髪の娘で、交易神の印の描かれた緑衣を羽織り、鉄の槍を携えていた。

彼女は傍《かたわ》らに立つ二人の仲間と喋《しゃべ》くっていたが、少女と目が合った事に気づいたらしい。

にっと白い歯を見せて太陽のように微笑《ほほえ》むと、ぐっと親指を立てて此方に向けてくる。

「……！」

少女はその意味がわからなかったが、ただ、格好良いな、と思った。

目をきらきらと輝かせてじっと見る仕草に満足したのか、緑衣の娘は鼻高々、と――……。

「わ……！」

不意に、周囲の人々がざわめきだした。

城から出なくても競技を見れるようにと設けられた南側の露台《バルコニー》に人影が見える。

どうにか顔を見ようと、少女はぴょんぴょんと、その場で跳ねて見た。見えない。

「あれ、誰だろ？」

「お姫様では？」

「そうかなあ……」

先程の三人の会話が、歓声にまぎれて耳に届く。

――お姫様！

是が非でも見てみたい。少女はんしょ、よいしょと身を屈め、人垣に入り込んでいく。

「……いえ、たしかに少し雰囲気が違いますね」

「遠いから見間違える事もある」

「そうかなあ……？？？」

――ぷ、は……ッ
ようやっと人混みの向こうに抜け出て、やっと少女は露台を見上げる事ができた。

なるほど確かに、そこには白いドレスを纏《まと》った金髪の美しいお姫様がたたずんでいる。

いるの、だけれど――……。

――顔がひきつっているのは、なんでだろ？

第3章

『正道神《クールランニング》の加護ぞあれ！』

そこに一振りの杖があった。

遥か悠久《ゆうきゅう》の彼方《かなた》、神々が大戦《ウォーゲーム》の折、この地上に遣わした偉大な神器の一つ。

これを手にするものは英雄《ヒーローユニット》として、秩序を守る旗印となったであろう。

だが――それも今や、昔の話だ。

地母神の名を冠《かん》するこの杖は、眠りについて久しい。

十余年前、王都を覆った邪悪と死を払うために打ち揮《ふる》われたとはいえ、それもほんの一瞬。

地母神の杖は古き神殿――遺跡の最奥《さいおう》にて、四方世界《しほうせかい》の安寧《あんねい》のため、封じられている。

過ぎたる力は、誰しもを滅ぼす。人の世の行末は、神々の力で決められるものではない。

それは神々が四方世界を見守るにあたってさだめた、黄金の約定《やくじょう》の一つだ。

故に、地母神の杖は眠りについている。

たとえ神殿が混沌の勢力によって占拠されたとて、その神威は些《いささ》かも衰えてはいない。

「GOROGB……」

「GOBB！　GRBB」

ゴブリン風情《ふぜい》では、触れる事すら許されぬ。

もっとも小鬼らは、なぜ触れないのかを考えもしないで、苛立つだけなのだが。

とはいえ、それは、ある意味では幸運であったのやもしれない。

もし仮に触れていたならば、降りかかる災厄は恐るべきものであったに違いない。

「GBBR?」

だから、それが起きたのは決して、その小鬼が腹立ち紛れに祭壇《さいだん》を蹴飛ばしたからではない。

はじめは、小石だった。

ぱらりと壁から転げるようなそれに、ゴブリンはきっと気づかなかったに違いない。

小鬼というのは決して目が見えない種族ではないが、注意力という意味では著《いちじる》しく低い。

受動知覚に劣るゴブリンではおそらく、どう足掻《あが》いても、察知する事はできなかったろう。

もっとも小石が落ちたのに続いて、壁の石が僅《わず》かに震えたのに気づいたとして――……。

「GRGB⁉」

小鬼風情に、何が出来ただろうか。

まずドッと崩れるように飛び出してきた石壁に潰されて、一匹が死んだ。

さしもの小鬼どもはこれには気づき、間抜けな仲間を笑うか、逃げるか、一瞬迷う。

「小鬼四！　もとい三！　武器は――ええともう自分で見て‼」

「GOROGBB!?!?!!?」

それが致命的だった。

言葉はまっすぐに小鬼の口蓋《こうがい》から後頭までを、一の矢と共に貫き通す。

もんどりうって転げる同胞《どうほう》の死骸《しがい》に目もくれず、ゴブリンどもはいきり立った。

——エルフだ！

——エルフの女だ！

——引きずり倒して泣き喚《わめ》かせてやれ‼

芳《かんば》しいその雌肉の香りで脳内を都合の良い妄想で溢《あふ》れさせ、小鬼が駆け出す。

なに、雌一匹くらい寄ってたかって棍棒《こんぼう》で殴りつければ、それで済む。誰が死んだとしても。

「GROG！　GOOROGB‼」

「GOBBGR‼」

だからこそ、ゴブリンはその程度の存在でしかないのだ。

「一つ……！」

「GOOB⁉」

妖精弓手《エルフ》の影から飛び出してきたみすぼらしい鎧姿の男が、鋭く右手の剣を投じる。

狙い違わず喉《のど》に突き立ったそれは一刺しで息の根を止め、小鬼は喉を掻き毟って仰け反る。

すかさずそこへ飛び込んだゴブリンスレイヤーは小鬼の死体を蹴倒し、剣を引き抜いた。

残り二つ。何の問題があろう。横合いから打ち掛かってきた相手の攻撃を、盾で弾く。

そして一瞬の躊躇《ちゅうちょ》なく前に転げた。仲間の一撃を囮《おとり》に、もう一匹が飛び掛かってきたのだ。

錆《さ》びた鉄剣が石畳を打って乾いた音を立て、二匹の小鬼が床の上でもんどり打って絡み合う。

罵《ののし》り合う暇など与える気はない。あまりにも、決定的な隙《すき》だ。

「イイィイヤアアアッ‼」

怪鳥音と共に躍りかかる巨影はのたくる尾で小鬼の首を打ち、足裏でもう一匹の脊髄《せきずい》を砕く。

「GROGB⁉」

「む……！」

結局のところ、十分に加速された質量に勝る武器はないものだ。

ほんの一手《ターン》に満たぬ戦闘で、玄室に屯《たむろ》する小鬼どもは蹂躙された。

ざ、と。土埃《つちぼこり》をあげて着地する冒険者らに続き、のそりと壁の大穴から這い出る小柄な影。

「ったく、《隧道《トンネル》》じゃあ壁は抜けねえからって《風化《ウェザリング》》と組み合わせるやつがあるかい」

「これが一番早いと思った」

のそりと最後に穴から降り立った鉱人《ドワーフ》道士に、ゴブリンスレイヤーは端的に返した。

鉱人道士は正道神《ルタ》の喜びそうな事だと、褒め言葉とも愚痴《ぐち》ともつかぬ言葉を返す。

より早く、より善き結果を求めるかの神の信徒であれば、取りそうな手段ではあった。

もっとも、今回のように遺跡の構造がわかっていなくば、到底不可能な事でもある。

世の中の冒険者が正面から遺跡に挑むのは、当然、相応の理由あっての事なのだ。

「して」と踏みつけた小鬼にトドメをくれてやりながら、蜥蜴僧侶《リザードマン》が言った。「件《くだん》の杖は？」

「小鬼どもが持ち出しているとは思えん。その辺りにあるだろう」

ゴブリンスレイヤーの鉄兜《てつかぶと》が四方を巡った。そして、その視線が祭壇を見つけ出す。

石の祭壇の上には、見慣れた翼人の女性を象徴とする意匠《いしょう》が施された、一振りの杖。

一見してくすみ、朽ちかけた鋼鉄の錫杖《しゃくじょう》のようにも思える。だが、違う。

時の歳月《さいげつ》を経て尚《なお》もその存在を保っているのは、間違いなく尋常《じんじょう》なものではあるまい。

込められた魔力、奇跡などは計り知れなくとも、その素材だけは見て取れる。

征服されざる金属、砕かれぬ鋼、すなわちアダマンタイトに相違あるまい。

「あったぞ」

もっとも、ゴブリンスレイヤーは短くそう言って、無造作に手を伸ばすのだが。

しかしその薄汚れた篭手を制して「待ちなさいよ」と細い腕が杖に届くのが速かった。

「あんたが握ったりしたら、きっと地母神様だって怒るに違いないわ」

妖精弓手がぴしゃりと言い、ゴブリンスレイヤーは「そうか」と呟く。蜥蜴僧侶が目を回す。

「それを言えば、我ら全員が相応しからざるものでしょうや」

「この手の武器は、信者にしか使えんとかあっからのう」

鉱人道士が、するすると自然に閉じゆく穴へ、謝礼の菓子《かし》を放り込みながらぼやいた。

長らくの冒険の末に手に入れた魔法の武器が鉱人専用の斧で、頭を抱える冒険者。

そんな話は、珍しくもない。

「別に私達が使うんじゃないんだから、構わないでしょ」

だいいち、武器じゃないのだし。妖精弓手に言わせるとそれだけの事だった。

たおやかな指先が杖を絡め取り、素早い動きでもって祭壇からそれを持ち上げる。

緊張の一瞬。

――――何も、なし。

「けど、あの子を連れてきてあげたかったっていうのはホントよね」

ふうと薄い胸を上下させて息を吐くと、妖精弓手は軽口を叩くように言って、杖を肩に担ぐ。

「やっぱりこっちに来てもらえば良かったんじゃない？」

「それでは、国王からの依頼は達成できんだろう」

ゴブリンスレイヤーは油断なく四方を見回した。

小鬼の気配はない。今の戦いは気づかれたか？　わからない。だが、急ぐべきだ。

彼は頭の中で算段を纏《まと》めながら、努めて淡々と、まったく平易な声で続けた。

「ありったけで攻め込む事はできても、都市での冒険《シティアドベンチャー》は俺には向かん」

「別に、あんたにやれとは言ってないわよ」

「金床にもできねえだろうけどな」

鉱人道士が混ぜっ返すように言って、忍び笑う。

「どう見たっておめえさん、姫ってガラじゃあねえものよ」

「なにをう⁉」

喧々囂々《けんけんごうごう》。上《かみ》の森人《エルフ》と鉱人《ドワーフ》の、神代《かみよ》の頃から続く口喧嘩《くちげんか》が巻き起こる。

といっても、普段ならばこれを困った――慣れた――様子で眺める少女の姿は、ない。

むしろ二人のやり取りも、彼女の存在を補うための賑《にぎ》やかさ、なのであろうか。

だが、蜥蜴僧侶はあえてそれを指摘するような野暮《やぼ》はしなかった。

彼は長首をのっそりと動かし、好戦的に、顎《あご》から舌先を覗かせながら、頭目《リーダー》へ声をかける。

「して、小鬼殺し殿。この後は、やはり予定通りに？」

「そうだ」とゴブリンスレイヤーは言った。「このまま前進して、奴らを背後から叩く」

「小鬼ばら、自分らが不意を討たれる事は考えませぬものな」

「こちらの作った穴を通って外に出られてもつまらん。一気に始末をつけるぞ」

端的かつ、決断的なその言葉。王都で大会を見物していたときとは、まるで違う。

言い争いに興じる妖精弓手の長耳が、ひくりと揺れた。

――活き活きしているなあ……。

だが、それは決して喜ばしい事ではない。

妖精弓手は実に優雅な仕草でもって溜息を零《こぼ》し、それを鉄兜が聞きとがめた。

「どうかしたか」

「別に」上の森人の長耳がひょこりと揺れた。

「この師にしてあの弟子有りって感じよね」

「馬鹿を言え」

気に入らない返事であった。

妖精弓手の美しい瞳がきっと釣り上がり、くるりと舞いを踏むように身が翻る。

次の瞬間にはゴブリンスレイヤーの兜へ、白く細長い指先が突きつけられた。

「何？　まさか、師匠じゃないとでも言う気？」

「多少の教導《きょうどう》はした。だが……」

だが。

「あれが成し遂げた事は、すべて、あれの成果だろう」

ゴブリンスレイヤーがぼそぼそと言った答えは、どうやら妖精弓手のお気に召したらしい。

彼女は「ふぅん」と上機嫌な様子で目を猫のように細め、「ま、良いでしょ」と言った。

「だったらあの子が時間を稼いでくれている間に、こっちはこっちの冒険を、さっさと――」

その時だった。

ご、ご、と。石が擦れ、岩が軋《きし》む音が、響いた。

冒険者らの反応は迅速だった。

彼らは各々《おのおの》の武器を構え、身を屈め、迅速に次なる事態に備えて体勢を整える。

そして――見た。

玄室の装飾、その一つと思われた石像。天井まで聳《そび》え立つようなそれが、動いている。

「――――MA……！！！！！」

牙吠《ガオ》という咆哮《ほうこう》を轟かせ、その剛腕を掲げる辺り――――……。

「こら神器を持ち出したバチが当たったかんの」

「私のせいじゃないわよ！」

呑気にぼやく鉱人道士へ妖精弓手が叫んだ。

「バチが当たるならオルクボルグだもん！」

「動く石像とやらか……！」

それがゴーレムと呼ばれる類《たぐい》の怪物であることを、ゴブリンスレイヤーは知らない。

だが石材については、この場において誰よりも何よりも詳しい者がいる事は知っていた。

「……どう見る？」

「剣はきかねえぞ」と鉱人道士が鋭く言った。

石像はご、ご、と。関節を軋ませながら、着実に動き始めている。

腕を伸ばし、足を動かし、拳《こぶし》を振り被る。

玄室の床に槌を叩き込むが如きその一撃を、冒険者らは大きく飛び退いて回避した。

ばらばらと飛び散った石や飛礫《つぶて》が降り注ぐ中で、鉱人道士が忌々《いまいま》しげに叫ぶ。

「ハンマーかモールら辺がありゃ一発だが！」

「打撃武器か」

ゴブリンスレイヤーは足元に散らばる小鬼どもの薪雑把《まきざっぽう》を見やり、低く唸った。

「ふむ」

そしてひょいと妖精弓手の手から杖を取り上げると、躊躇なくそれを空へ放った。

地母神の霊験あらたかな杖は宙を舞い、鱗に覆われた巨大な手がしっかと掴み取り、握る。

「殴れ……！」

「承知！」

先ほどの一撃に勝るとも劣らぬ、豪快な打撃が炸裂した。

巨大な石像はしかし脛《すね》に受けた一撃によって大きく体を崩し、どう、と壁にぶち当たる。

蜥蜴僧侶は「は！」と熱い吐息を鼻から噴く。尾っぽもなしに二足歩行などとは愚か也《なり》！

「しかし、武器を使うのは本意ではありませぬぞ！」

「ていうかそもそも武器じゃないでしょ、それ……！」

ぐ、ぐ、と。全身に力を入れて起き上がらんとする石巨人を横目に、妖精弓手が叫ぶ。

此奴《こやつ》に弓矢の類《たぐい》は通じまい。そう判断した彼女は、玄室から伸びる通路を警戒している。

この轟音《ごうおん》、この騒動だ。小鬼どもが気づいたとして――……。

――まあアイツら臆病《おくびょう》だもんね。

向かってくる事はないにしても、だ。

「折れたらどうするのよ⁉」

「神器がこの程度で折れるならば、奴らはとっくに破壊している」

「それはそうね……！」

ゴブリンスレイヤーの事は後で蹴っ飛ばそうと、妖精弓手は心に誓った。

天を振り仰いだところで地母神からの天罰は落ちてきそうにもないからだ。

何しろあの女神ときたら、ここ最近は顔を覆う事も増えている。

「まー……アダマンチウムの杖なら、ぶっ壊すにゃちょうど良いわな」

鉱人道士が諦めたように呟いて、蜥蜴僧侶が杖を振り被る様に目を向ける。

重ねて言うが、十分に加速された質量に勝る武器はない。

古き石像を完全に打ち砕くまでの苦労は、女神官が今している苦労とは、比べ物になるまい。

つまりは――実に容易《たやす》い事なのであった。

§

容易いことではなかった。

「やっぱり結局こうなるじゃん……！」

圃人《レーア》の少女は闘技場の隅、誰にも聞かれぬよう罵りながら鉄兜と目出し帽を引っ剝がす。

ぷあっと漏れる息と共に、少女の汗の甘い匂いが漂う――が、少年魔術師は目もくれない。

無論、今はそれどころではないからだ。

彼は大急ぎで手拭いを用意して鞍上《あんじょう》の少女へ放りながら、忌々しげに呟く。視線は前に。

「落馬しねえからな、あいつら」

熱気渦巻く闘技場。対面にて折れ砕けた槍を持ち替えているのは――馬人《ケンタウロス》の騎士だ。

いや、あれを騎士と呼ぶべきかは少年魔術師としても悩ましいところだ。

差別ではなく、定義として、馬人は騎乗する戦士にはなりようがない。

そしてそれが馬上槍試合でどういう利点をもたらすかといえば――……。

「こっちが落馬しなかっただけ上等だ。得点じゃ五分五分だろ？」

――馬人と他の奴らを一緒に戦わせようって考えた奴のアホさ加減の賜だな。

落馬しない以上、圧倒的に普通の騎士が不利だ、という事だ。

この矮軀《わいく》で踏み止まっているのだから彼女の努力は凄まじいが、それは得点に関わらない。

馬人側も申し訳なさそうにしつつも、手を抜く気がまるでないのは武門の倣《なら》いだ。

それは良い。限られたルールの中で勝利条件を満たそうという相手に対して、怒りはない。

故に圃人の少女と少年魔術師の苛立ちは、ひとえにこの状況を良しとした者に対してあった。

歴史をたどれば若き獅子の勲《いさお》にまつわる戦歌にも、馬人と槍を交える場面はあるにせよ。

「何より腹が立つのはさ」

槍を一合交えた後の休憩時間《インターバル》。

汗を拭き、喉をんくんく鳴らして水を飲み、数度目の昼餉《ひるげ》に干し肉を齧《かじ》って、彼女は言う。

「これであたしが勝ったら、あの騎士様が得意満面するだろうって辺り！」

その情景はありありと想像できたが、少年は努めて平静を装って、笑ってやった。

「つまり、負ける気ねえんだな？」

「あったりまえじゃん！」

「上等だ」

少年魔術師としてはそれを聞けただけで十分にありがたい。

戦う前から諦めてるようなら、体力消耗を最小限に抑えて剣術勝負に持ち込むつもりだった。

だが、そうじゃあないなら――……。

「勝ちに行くぞ。やれるか？」

「作戦あるんでしょ？」

ちらりと此方を見た彼女は、まるで太陽みたいに笑うのだ。

「やるよ！」

その真っ直ぐな目線から、少年魔術師は僅かに顔をそらし、咳払いをする。

そして一度目を瞑《つむ》り、息を大きく深呼吸させてから、努めて淡々とした口振りで言った。

「お前は低いんから、低い位置から槍を繰り出す。これは絶対条件だな」

「うん」

「つまり、相手も低い位置を狙わなきゃならないわけだ。間の柵《さく》の上からな」

もう一度、少女は「うん」と頷く。少年は「だから」と一拍を置いて、自分の作戦を伝えた。

「……………良いの？」

卑怯《ひきょう》じゃないのか。そんな疑問と不安を見せた問いかけに、少年は「まさか」と断言する。

「射人先射馬、人を射らば先《ま》づ馬を射るべしってのは、東方の詩歌にもあるんだ」

馬人連中は東方の草原の方の出身だから、まあこのくらいは聞いたことがあるだろう。

そう続けると圃人の少女は「なるほどぉ」なんて目を輝かせるが、これはまあ方便だ。

とにかく自信を持ってやってもらわなければ、勝てる勝負にだって勝てやしない。

そして彼女は勝てると言って、勝つつもりなんだ。

余計なちゃちゃ入れする奴は、それこそ馬に蹴られてしまえ。

「第一、……あいつぁ馬じゃねえだろ？」

「あ、そりゃそうか」

もう一言付け足すと、圃人の少女はあっけらかんと言って手を打った。

「つまり下から、こう」

こう、と。圃人の少女は身振り手振りで、がちゃがちゃと甲冑を着たまま身をひねる。

その動きの意図は、武術に疎《うと》い少年魔術師にはっきりと理解できるものではなかったけれど。

「突けば良い感じ？」

「おう」少年魔術師は頷いた。

「別に怪我させたいわけじゃねえだろ」

「そりゃあね」

「後は気合だ。大声で叫べよ。腹ン底からな」

「うん……！」

少女が頷くのを見て、少年は目出し帽を渡し、兜共々被らせてやった。

そして最後に庇《ひさし》を下ろす彼女の頭を軽く叩いて、驢馬《ろば》に跨《またが》るのを手伝い、送り出す。

事此処《ここ》に至れば、あとは見ているよりほか何もできないのが――自分の立場だ。

――これが冒険ならな……。

驢馬を駆り、交換された槍を手にして馬場へ向かう圃人の少女。

その背を見送りながら、少年魔術師は「いや」と短く首を横に振った。

いや。

――これもまた冒険ってことなのか？

あの業突張りの圃人の老爺《ろうや》の考えは理解不能だが、その見識《けんしき》には一目を置くべきだろう。

曰く、竜の巣穴から宝石盗むのに圃人一人だけを放り込む奴は薄情者か？

仲間を信じて送り出す事もできない奴は、よっぽど傲慢《ごうまん》か、仲間を仲間と思っていないかだ。

その圃人が宝石をちょろまかすと少しでも思ったなら、大勢で行って全滅したに違いない。

──俺はそんな間抜けはしねえぞ、と。

故に少年はぎゅうっと拳を握りしめて、闘技場で馬人と対峙する圃人の少女へ目を向ける。

小柄な体で驢馬に跨ったその姿は、勇ましくとも滑稽《こっけい》だ。

いくら先の試合で圃人の娘が勝ったとはいえ、まぐれかもしれない。次はあるまい。

何しろ向かい合っているのは馬人の騎士である。風車に挑む哀《あわ》れな老人の如き落差なのだ。

──けど、知るもんか！

鉄兜の下で、圃人の少女は小さく鼻を鳴らした。騎士道狂いの老人の、どこが笑えるのだ。

あの老人は最後まで騎士道はあると信じたではないか。そして四つ腕の巨人に挑んだのだ。

この四方世界広しといえど、たった一人で巨人に立ち向かえる騎士が何人いるだろう！

圃人の少女は、そんな老人の物語を師から聞くまで知りもしなかった。

師は言った。この老人を馬鹿だと笑う奴がいるが、ただの馬鹿の話がこうも語られはしない。

──かくありたい。

その思いを込めて、圃人の少女は思い切り驢馬の脇腹へ拍車をかけた。

「や、あああああぁッ!!」

どっと体が突き飛ばされるような衝撃と共に、乗騎が加速して前へと飛び出す。

馬人の騎士もそれに習った。蹄の音。滝──見たことはない──の落ちるような轟音。

土埃が巻き上がる中で、圃人の少女はしっかと槍の柄を懸架《けんか》して固定する。

勝負は、一瞬。

目を見開く。庇の向こうを透かし見る。

速い。彼我《ひが》の速度。細かい計算はわからない。でも距離は見る間に縮まる。あと一刹那《せつな》。

――良いか。

少年はそう言った。

速度も、質量も、膂力《りょりょく》も、何もかも向こうに負けている。

位置で言っても下から上を突くのと、上から下を突くのとでは、位置の力で負けている。

だったら。

――そんな勝負に突き合ってやる必要はない！

「おおおうッ!!」

頭上から叩きつけるように繰り出される槍。裂帛《れっぱく》の気合。負けるものか。腹に力を入れる。

「きいぇぇぇぇぇぇぇぇぇいッ！！！！」

猿《ましら》の如き叫びと共に、圃人の少女は身を捻る。馬人の目が見開かれる。笑ってやる。

上から下、下から上。交差するように槍穂が交わる。相打ちか？　いや違う。

馬人の槍穂は圃人の少女の盾を擦り、掠《かす》めて横へ流れる。その隙間に、少女の槍が通った。

まさしく馬人の騎士は、自分から飛び込むようにして槍へとぶち当たる。

その軌道は下から野火《のび》が燃え上がるように。だけれど、ほぼ真横。

馬人の持つ盾を左から思い切り強かに打ち据えるように、槍が直撃した。

そして人の騎士と違い、馬人の騎士には馬首がない。つまり。つまり――……。

――奴は、前のめりになっているんだ。

木っ端が撒き散らされ、猛烈な衝撃に圃人の娘の小さな手が稲妻が落ちたように痺《しび》れる。

――それが、なんだ！

圃人の少女はぐっと鐙《あぶみ》に足を踏ん張って、半ば矮軀を仰け反らせながら騎乗を保持する。

その背後で、どっと突き飛ばされるように――馬人が馬場へと横倒しに転げていた。

観客の、どよめき。

驢馬の首を返した圃人の少女は呆然《ぼうぜん》――いや、勝ちを確信せぬ様子で、息を吐く。

大慌てで従者が馬人の方へ駆け寄っていく。死んではいないだろう。審判が顔を見合わせる。

そうなのだ。落馬しないからといって転倒しないわけではない。

そして転倒の責任は馬にあるから不問というが、人馬一体の場合は騎士にあるだろう。

あちらが反則でないならば、此方だって反則と言われる筋合いはない。

故に。

『転ばせっちまえ』と、向こうから駆けてくる少年が、彼女に策を授けてくれたのだ。

後の先を取って、相打つ最中に、此方の一撃を先んじて打ち込む。

つねに先手先手を尊ぶ少女本来の流派にはそぐわない、いわば邪剣だろう。

だが――かつて、圃人の娘に棒振りを手ほどきした、破足の老爺が見たら、どうか。

懐かしいしかめっ面で、お前にしちゃあ上出来だとか、言ってくれるだろうか。

――言わないだろうなあ。

あの爺様も、今のお師匠も、とんと自分の事を褒めちゃあくれない。貶《おとし》めもしないけど。

「やったな……！」

だなんて、顔を林檎《りんご》みたいに赤くして駆けてくる男の子くらいのものだ。

素直じゃあないけど、まっすぐに自分を褒めてくれるのは。

「うん、やったよ!!」

少女は鉄兜を放り出すと、驢馬の上から飛び降りるようにして少年へ身を躍らせた。

速度と質量。うわあと悲鳴を上げて、少年が支えきれずに転がり、少女と絡まる。

その向こうで、審判が圃人の少女に向けて、大きく旗を掲げていたのだった。

§

「お、お見事でしたね……」

女神官は観覧席でぎこちなく手を叩きながら、どうにか微笑《びしょう》を保ってそう言った。

何もかもひどく窮屈《きゅうくつ》で落ち着かず、居心地が悪くて、両肩を誰かに摑まれているようだった。

化粧は顔をむず痒くさせるし、結われた髪はおでこや頰《ほお》を引っ張って、顔が強張ってしまう。

特にこの衣装だ。詰め物をされた胸は窮屈だし、締め上げられた腰はぎしぎしと軋んで痛む。

よくお姫様はこんな格好で毎日過ごせるものだと、真剣に思うのだが――……。

「どうかした？　……じゃない、しましたか？」

「何かあったら、すぐに仰ってくださいね」

「は、はい……」

――これはちょっと、ずるいんじゃないでしょうか？

背後に控える赤毛の侍女と、金髪の侍女を見ると、どうにもそう思ってしまうのだ。

貴族のお嬢様である受付嬢はともかくも、牧場の娘である彼女が気楽なのは何故だろう？

女神官にはさっぱりわからず、かといって表に出すこともできない。

結果、まるで人形めいて体を硬直させながら、ちょこねんと座っているばかりなのだった。

「いやあ、まさに、まさに！」

それに何より、隣で手を叩いている人物――至高神の聖騎士を名乗る男。

「これこそまさに平等というものです。素晴らしいと思いませんか？」

「え、ええ、まあ……」

その男が此方の一挙一動に目を光らせ、じろじろと監視しているように思えてならないのだ。

曰く至高神寺院の代表、名代《みょうだい》という事であるらしく、王妹殿下とも顔見知り。

襤褸《ぼろ》が出ないように取り繕わないといけないのは、ただそれだけでひどく疲れる。

疲れるのだが――……。

――大司教様とは、随分《ずいぶん》と違う人ですね……。

というより、女神官の知るどの至高神の信者とも、違うのだ。

辺境の街で仲良くしてもらっている聖女とも、ギルドの監督官とも違う。

傲岸不遜《ごうがんふそん》な立ち居振る舞いはあの女騎士にも似ているが、似て非なるだと感じる。

なんというか――……そう。

正しくあろうとしている人と、自分が正しいと思っている人は、やはり違うのだ。

「随分と不利な勝負に思えたのですけれど……」

「とんでもない！」

例えば、女神官の疑問に対しても、彼は自信満々、己が手柄のようにこう言うのだ。

「各々の生まれ持った力を思う存分発揮した。地母神の信徒がそれでは、いけませんよ」

この人は魚を陸に上げて走らせても同じことを言えるのだろうか。

女神官は疑問に思ったが、それをあえて口にする事はしなかった。

そんな事をしなくても、この手の人は勝手に喋《しゃべ》るだろうと、察しがついたからだ。

「時に姫殿下……姫殿下？」

「え、あ」女神官は、ぱちくりと目を瞬かせた。「何でしょうか？」

「このような大勢が集う祭りを見ると、やはり地母神の催事は改めた方が良いですな」

「と、言いますと？」

「収穫祭の踊り子の事です」

小首をかしげる女神官へ、至高神の騎士はきっぱりと断言して、言った。

「あれは女性の肌を露わにするものです。聖職者として、公の場に出すものではありません」

「ああ……」

女神官は曰く言い難い声を漏らし、どうとでも取れる曖昧《あいまい》な表情を浮かべて見せた。

なんといったって、その公の場に出してはならない格好をした、その一人なのだから。

あれは立派なお勤めだったと数年を経た今尚思う。

思う一方、恥じらいの心もなかったわけではない。それでも、誇りの方が上回るが。

――思えば、あの頃はまだまだ未熟でしたね……。

もちろん今だって決して熟達したなんて、言えないけれど。

――あれは良い冒険だったなぁ……。

至高神の騎士であるという男の持論は、女神官が思いを馳せる間も続いている。

聖職者として公の場に出すのは如何《いかが》なものかという理屈は、瞬く間に飛躍する。

あの神事は踊っている人物の品性を疑うものである。それを眺める信徒の欲望を煽っている。

つまりは地母神をふしだらで淫蕩《いんとう》な神と貶めるもので、あまねく女性への侮辱である、と。

そしてその言葉の矛先は、早摘みの葡萄を踏む乙女たちの装束にまで及んでいく。

肌を見せるのが淫《みだ》らであるという話なのに、裸足《はだし》で葡萄を踏むのが卑猥だというのだ。

「あのような行為を好き好んでする女性がいるとは思えませぬ。早急に改善を——……」

半ば聞き流していた女神官は、さあっと自分の血が頭に昇る音が聞こえた気がした。

それはあの、自分にとって大切な家族をも侮辱する、過日の事件を思い起こさせたからだ。

ようやっと追い払い叩き潰したくだらない陰謀が、またあの人を貶めようとしている。

ふつふつと腹の底が煮えくり返るような感情を、しかし彼女は、ぎゅうっと抑え込んだ。

——いえ、いえ……。

女神官は精一杯に息を吸い込み、努めて静かに息を吐いた。

あの時のように感情に任せて騒いだり、お酒を飲むような事は、慎むべきであった。

とはいえ——……。

ちらりと背後の二人の顔を窺うと、ふたりとも困ったような笑顔で此方を見てくる。

——そりゃあ、まあ、お姫様に代わって何か言うなんて無理でしょうけども。

それをやっている自分の身にもなって欲しいものだと、女神官は少し拗《す》ねる。

そう、彼女は拗ねていたのだ。

——皆さんだって、何もわたしを置いていかなくたって……。

いや、もちろん状況はわかっている。仕方のないことだ。

これができるのは自分だけなのだろうから、任された以上は頑張ろう。

だけれど、置いていかれたというのは、少し納得がいかない。

それは自分だって一端の冒険者なのだと――そんな自負が生まれたがゆえの気持ちであった。

もっとも女神官は、自分がその尊い宝物を育んだ事には、まだ気づいていなかったけれど。

「そうですか」

だからひとしきりまくし立てられた後に、女神官は頷いて応じた。

たった一言を、とびっきりの微笑みを添えて。

「あなたはそうお考えなのですね」

「……それだけですか？」

「――？　はい。それだけですけれども……」

きょとりと小首を傾げた女神官へ、至高神の騎士は、食って掛かるように身を乗り出した。

自分が今どこにいて、誰を相手にしているのかさえ、消し飛んでしまったようだった。

「であれば、地母神の寺院はこれらの不平等を糺《ただ》すおつもりがないという事か!!」

「何故です？」

「何故って、問題を指摘したではありませんか……！」

「はい、伺いました」

「ならば、どうしてそれを糺そうと思わないのです！」

「わたしとあなたは違う人ですから」

至高神の騎士は、押し黙った。

その貴人らしい白い顔は、血の気が失せて尚も色を失っているように見える。

女神官は、まるで灰だなと、ふと思った。何もかも焼けきった、真白い灰の色。

「では」

男はかさかさと、灰が擦れるような声を喉から絞り出した。

「この乱れに乱れた四方世界を、あなたはこのままにして良いとお考えなのか？」

「ええと……」と女神官は、唇の人差し指を当てて考えた。「よく、わかりません」

それみたことか。

男の口蓋が醜く、勝ち誇ったように吊り上がった。

考えの浅さと、不見識と、視野の狭さとを、指差し嘲《あざけ》るような、そんな笑みだった。

「だって、わたしのお友達には森人も、蜥蜴人《リザードマン》も、鉱人も……馬人だっているんです」

けれど女神官は、そんな相手の様子に頓着する事なく、笑い返した。

冒険者もいれば、お姫様もいる。貴族の人、商人。牧場の人。酒場の女給さん。

それを乱れているとか、揃えねばとか、良し悪しだなんて、考えたこともなかった。

「それに東の砂漠《さばく》は暑くて、北は寒い。草原は広いですけど、密林の中は狭いですよね」

いつだったか大海蛇を退治した時の魚人たちは、陸で暮らすのは大変そうだった。

だけれどゴブリンスレイヤーに連れられていった酒場では、人魚のバーメイドがいた。

綺麗な容貌《ようぼう》の女性が、あのきちっとした装束を着てお酒を作る様は格好良かったものだ。

ああでもお酒を作るといえば、葡萄踏みの時、先輩も含めて皆可憐《かれん》な衣装を着ていたっけ。

目前の人物はあれやこれやと言っていたけれど、みんな心から喜んでいたものだ。

なにしろ素足を曝《さら》け出してはしゃぐなんて、なかなかない経験だったから。

砂漠の方では逆に、あまり肌を晒《さら》すと熱くて（暑いではない！）難儀もしたものだけれど。

でもあれだけ着込んだって、北方の氷海まで行けば寒くて仕方ないに違いないのだ。

――思えば、本当にいろいろなところに行って、いろいろな人と会ったなあ……。

なんて、女神官はのんきに考えながらも、ゆるゆるとその首を左右に振った。

「これを全部一つに揃えるのは無理で――……ああ、ううん、だから、ええと……」

そう、揃えるのは無理がある。だけれど別に、自分の中でそこに優劣はない。

その事に気がついた時、すとん、と。女神官の中で、一つの答えが腑《ふ》に落ちたようだった。

「だからたぶん、皆それぞれ違うものが好きだって、受け入れる事が大切なんですよね」

うん。女神官は自分の言葉に納得するように、頷いた。きっと、そういう事なのだろう。

自分が好きなものを嫌いな人がいるのは当然だし、自分が嫌いなものを好む人も当然いる。

北方の奥方は言葉を学ぼうとしていらしたたし、馬人の走者は多くの種族を熱狂させていた。

だけれど北の文化には目眩《めまい》を覚えたたし、馬玲姫は冒険者はわからないと零していた。

違うという事は歩み寄れない事を意味しないし、歩み寄る事は全てを揃える事ではない。

「ということのように、わたしは思いますよ」

そう言ってから、女神官は少し恥じらい、照れたように頰をかいた。

というのもあまりにも滔々《とうとう》と、ただ思うところを並べただけに過ぎないからだ。

これではとてもとても、説法の類などといえたものではない。

というよりも、王妹殿下として些か問題があるのでは――………。

「……ゴブリンにも善があるとでも、言いたげな口振りですな」

女神官は、一瞬ぎくりと身を強張らせた。

思わずさっと男の顔に目を走らせると、彼は呆れたと言わんばかりに、鼻を鳴らしている。

――バレて、ない？

ちらりと背後の二人の方を見ると、やはり二人揃って首を左右に振っている。

ですよね。女神官はそっと、その詰め物で膨らんだ胸に掌《てのひら》を当てて息を吐く。それにしても。

――いきなり、話題が飛んだなあ。

「いますよ、良いゴブリン」

「……なに？」

「ご存知ありません？　海ゴブリン――とても良い人たちでしたから」

訝《いぶか》しむ男に、女神官は微笑んで言った。何を言っているんだという、困惑の目線。

「鰓人《ギルマン》の方々は、そう呼ばれるのは嫌がっておいででしたけど、ね」

だけれど、大丈夫だ。

そんな質問は、それこそ、冒険者になった最初の日から問い続けている。

「ええ。善いゴブリンも、いるかもしれませんね」

女神官はまっすぐに、彼の目を見た。

まるで予想していなかったかのように、男はぎょっと目を見開いた。

「ですが善いゴブリンというのは、人を襲わないゴブリンでしょう?」

それが女神官に見返された事か、その答えによるものかは、わからなかったけれど。

「人を否定し、奪う事が悪だというのは……たぶん、変わらないと思います」

四方世界は、誰が思うよりも広く、大きく、複雑で、色鮮やかに溢れている。

良いこともあれば、悪いこともある。悪いことを、決して肯定したくはないけれど。

それでも——それでも、だ。

「世の中はわたしの思い通りにも、あなたの思い通りにもならないものです」

そのような事は、してはならないのだ。

神々ですら《宿命》と《偶然》にお委ねになられたのだから。

「……」

男は、一瞬黙り込んだ。女神官は、歯軋りの音が聞こえたように思った。それと——……。

「失礼する！　あなたはどうにも、何が問題かわかっていらっしゃらないようだ！」

――匂い立つような、灰の香り。

罵声と共にそんな残り香を漂《ただよ》わせ、男は荒々しく椅子を蹴るようにして立ち上がった。

ずかずかと――あの人とは違う乱暴な――足取りで、男は貴賓席を後にする。

その背を見送ることもなく、女神官は椅子の背もたれに崩れるようにして身を預けた。

「……貴賓席で王妹殿下に対しての振る舞いとしては、落第点ですねぇ」

ほう、と。息を漏らす女神官の背後で、受付嬢が顔を顰《しか》め、苦笑交じりに言葉を零す。

はしたなく身を伸ばした姿勢のまま、女神官は背後の彼女を恨めしげに見上げた。

「まずかった、でしょうか……？」

「神学論争ですから、良いのではありませんか？」

助けてくれても良かったじゃないですか。いえいえそういうわけには参りません。

無言のやりとり。それに「お疲れ様」と笑って、牛飼娘は女神官へ飲み物を差し出す。

魔法の水差しから注がれた冷たく清らかな水。

牛飼娘はもとより女神官も最初は目を丸くしたけれども、今は驚く余裕も無い。

「いただきます」と言って杯を受け取り、こくりこくりと喉を鳴らして飲む女神官。

そんな彼女にもう一度「お疲れ様」と声をかけて、牛飼娘は受付嬢に問を投げる。

「至高神様の教えってあたし良く知らないんだけど、ああいうのは、違うよね？」

「違いますとも」

自信たっぷり。その源となる磨き上げた肢体《したい》を誇示するように、受付嬢は胸を反らす。

何恥じる事もないといったその堂々たる姿勢は、牛飼娘としても憧れるものだ。

「正義とは何が悪かを問い続ける事で、何かを排斥《はいせき》する事では決してありませんからね」

とは、友人の受け売りですが。なんて、彼女ははにかむように微笑む。

――可愛らしいところもある人なんだよなぁ……。

それがまた羨ましいのだが、牛飼娘は、ただ素朴な感想を零すだけに留めた。

「お祭りがダメーってなると、楽しみがなくなっちゃうから、色々困っちゃうなぁ」

収穫祭や御神酒で豊穣《ほうじょう》を願うのはもちろん、祭りというのはハレの日なのだ。

それですらはしゃいじゃダメというのは、さて、此方としては困ってしまう。

「それにしても」

水で唇と喉を潤《うるお》わせて、女神官は思う。

自分と彼女――今はゆっくり休んでいる王妹殿下は、まったく違うというのに――……。

「別人だって、気づかないものなのでしょうか?」

§

「ＧＯＲＯＧＢ……？」

突然の轟音と衝撃は、馬鹿騒ぎが日常の小鬼どもにとっても異常に気づくには十分だった。

まったくもって飽き飽きするような役目だったのも、あるかもしれない。

玩具になるような牝も与えられず、この面白くもない遺跡に押し込められているのだ。

普段ねぐらにするような穴蔵よりは遥かに上等だとしても、それで満足する小鬼はいない。

自分たちに偉そうに命令する奴らが、よっぽど良い部屋にいるのを、小鬼は羨《うらや》むのだ。

そしていずれ引きずり下ろしてやるという妄想も、目の前のそれで容易く上書きされる。

そう、粉塵《ふんじん》の中、遺跡の奥から漂う――芳しい、天上の香り。

――エルフだ！

――エルフの女だ‼

夜に明かりを目にした羽虫のようなものだ。

ゴブリンどもは我を忘れ、仲間を足蹴にして出し抜く事を考えながら、一目散に走り出す。

寄って集って嬲《なぶ》り者にするのは確定だ。その上で自分が、己だけが一番美味《おい》しい思いをする。

そのためだけに小鬼どもは最奥の玄室に続く通路に駆け寄り、集まり、そして――……。

「ＧＡＡＡＯＯＯＯＯＯＯＯＯＯＮＮＮＮ！！！！！」

恐るべき竜の一吠えによって、どっと円形に吹き飛ばされた。

「進め！」

号令一下、開けた遺跡の広間へ真っ先に飛び出したのは薄汚れた鎧姿の冒険者。

しかし最も立ち直りの速かった小鬼は、その姿を認識することもできなかっただろう。

音もなく無情に命を奪い取った投げナイフは、小李飛刀には届かずとも、小鬼風情には十分。

「GOORGB！？！？！」

血泡を吹いて溺れ死ぬように喉を掻き毟《むし》る同胞の死に、ようやく小鬼どもの認識が追いつく。

「GOGB⁉」

「GGGRGGBO！？！？」

「ったく、エルフの一生分の小鬼はもう見た気分ね‼」

暗緑肌《グリーンスキン》の大群を前に顔を顰めながら、鮮緑色の風が小鬼殺しの後を追う。

目にも留まらぬ早業で、つがえた矢は三本。瞬く間に放たれて、三匹の小鬼が射抜かれる。

「《聖壁》が欲しい！」

「むしろ《聖光》だ」

愚痴っぽい叫びに返ってくるのは無感情な声。

ゴブリンスレイヤーが小鬼を殺すときに感情を交えるはずもない。

「物理的に距離を取りたい乙女心をわかって欲しいものよね」

ふんとつまらなさそうに、けれど優雅そのものの仕草で妖精弓手は鼻を鳴らす。

その後に続く巨漢の蜥蜴人、鉱人らの動きとは雲泥《うんでい》の違いだ。

もっとも先頭を行くゴブリンスレイヤーだとて、上の森人とは比べるべくもないのだが。

「あんま飛ばすなよ、耳長の！」と、ドタドタ走りながら鉱人道士が喚《わめ》いた。

「お前さんらと違って、こちとら手足が短いんだ！」

「体操とか運動をすべきよね、鉱人は！」

「いまやっとるだろうが!!」

神代の頃からの喧嘩友達のやり取りを愉快《ゆかい》げに聞いて、蜥蜴僧侶は目を回して見せた。

「イィヤッ!!」

彼はその両手両足、尻尾に牙、生得の武器を縦横に振り回して小鬼を蹴散らし、前へ跳ぶ。

「ま、ない物ねだりはしても詮なきこと。拙僧も宗旨《しゅうし》変えする気はありませぬしな！」

「想像したら笑えるわよね、慈悲深い蜥蜴人って！」

冒険者一党《パーティ》は、正しく草原を切り裂く剣のように、小鬼どもの緑の群れへ切り込んでいく。

しかれども、小鬼の強みとはその悪知恵よりも何よりも、単純明快な数なのだ。

薄暗い遺跡の闇の中、幾重にも枝分かれした分岐路の奥から続々と小鬼どもは集まってくる。

血の匂い、エルフの匂い。自分が大暴れし、蹂躙《じゅうりん》し、勝ち取ることしか小鬼の頭にはない。

「ああん、もう……ッ！」

妖精弓手が前へ走りながら、不意に体を捻り、脇を透かして背後を射った。

「GBBORGB！？！！？」

今まさに蜥蜴僧侶の脇を抜け、飛びかかろうとした小鬼が脊髄に芯を通されて地に墜ちる。

病的に痙攣《けいれん》するその末期《まつご》の動きを、鉱人道士は容赦なく手斧で仕留めながら、前へ、前へ。

「地母神様だの神頼みだのがあろうがなかろうが、ちぃと数が多いぞ、かみきり丸やい！」

「今日は」彼は短剣を投じ、何でもないかのように小鬼を仕留めて言った。「構わんか？」

その誰にともなく投げかけられた問いかけに、妖精弓手が答えて曰く。

「構うわ！」

噛みつくように吠えた彼女は、しかし次の木芽鏃の矢を矢筒《やづつ》から探りながら続けた。

「けど、許す！」

「よし」

ゴブリンスレイヤーの行動は速かった。

彼は雑嚢《ざつのう》鞄から取り出した小瓶を、手早く後方へ放って、鉱人道士へと投げ渡す。

「着火だ」

「ほいきた！」

打てば響くような返事。鉱人道士は触媒の詰まった鞄から、火打石を取り出し一声呟く。

「《踊れや踊れ、火蜥蜴《サラマンダ》。尾っぽの炎をわけとくれ》！」

途端《とたん》、小瓶の口から伸びる紐に火花が散った。

そして燃え上がるそれを、鉱人道士は躊躇なく横道へと放り込む。

「GORGBB？」

「GGOBBGRGBB‼」

それを見て、最初小鬼どもは何をされたかわからなかったに違いない。

ころころと自分らの前へ転がってきたそれを、拾い上げて嘲るほどであったのだから。

あの間抜けな鉱人は物をろくに投げることすらできやしないのだ、なんて。

次の瞬間、そのゴブリンどもは通路の壁と天上と同胞を十匹ばかり巻き添えに、弾け飛んだ。

どずんという腹の奥底から響くような音と共に、赤黒い炎と風が膨れ上がったのだ。

「火の秘薬を仰山《ぎょうさん》買い込んだ時に、いやぁな予感はしとったわ！」

かみきり丸、一党《パーティ》の頭目は小金を溜め込むわりに、まったくもって気前が良い。

諦めと自棄《やけ》、いやむしろ滅多にできぬ火の大盤振る舞いへの喜びを滲《にじ》ませ、鉱人道士は叫ぶ。

ほい次と差し出された手に小瓶を投げ渡しながら、ゴブリンスレイヤーは頷いて言った。

「この手に限る」

「限らない！」

妖精弓手が小鬼殺しに蹴倒された小鬼を至近距離から射抜き、踏みつけて矢を引き抜く。

その舞うような美しい仕草と、それに似合わぬ罵声に、蜥蜴僧侶は呵々《かか》と牙を剝いて見せた。

「兵站《へいたん》が潤沢《じゅんたく》というのはまっこと喜ばしい事でありますな！」

拙僧もいつかは《核撃》の吐息をと言う彼の背には、地母神の杖ともども鞄が揺れる。

無論のこと、それは保管鞄《ホールディングバッグ》だ。

魔法の鞄。いくらでも――というのは誇張だが、想像を遥かに超える容積を持った鞄。

ちょいと名うての冒険者なら持っている、気の利いた魔法の道具《マジックアイテム》の一つだ。

「いっそ鉱人もその中に入れて運べば良いのよ！　こっちも気にせず走れるし！」

「馬鹿ぬかせ、生き物はいれられねえって言われただろが！」

「鉱人なんて岩と一緒でしょ――……！」

とはいえ、一党《パーティ》に属する面々は今までこれを扱ったことはない。必要ないからだ。

自然があれば矢は得られる。自然があればそこに精霊はいる。頼みとするのは五体のみ。

この場にいない女神官は、いつかはいずれはと思い憧れながらも地道に貯蓄。

そして頭目たるゴブリンスレイヤーはといえば――――……。

「ゴブリンに奪われたら、コトだからな」

これである。妖精弓手は小鬼を射るよりも前に、顔を覆って天を振り仰ぎたくなるのだ。

「だ、そうだから、落とさないでよ！」

それを堪えて矢を四本つがえると、彼女は文字通り前後左右の小鬼の頭を吹き飛ばす。

「落っことして吹き飛んだりしたら、それこそ一大事じゃない！」

「承知、承知」

「前にやった事がある」

「ＧＢＢＯＧＢ⁉」

「ＧＯＯＧＢ！ ＧＯＯＢＢＧＲＧＢ⁉」

右のゴブリンにいつの間にやら奪い取った手槍を叩き付け、左の小鬼を円盾でいなす。

いなした小鬼の処理を後続に任せ、ゴブリンスレイヤーは転げ落ちた棍棒を回収。

折れた槍よりは役に立つ。彼はそれを機械的に振りかぶり、前方へと投擲《とうてき》。

「ＧＢＯＧＢ⁉」

小鬼の頭蓋が砕け散る鈍い音を確認しながら、彼は淡々と言った。

「数は稼げたな」

「あんたはそれで満足でしょうけどね！」

妖精弓手がゴブリンスレイヤーに足取りを合わせながら、わざわざ横に並んで唇を尖らせた。

「此処《ここ》が貴重な遺跡だってご存知⁉」

「知っている」ゴブリンスレイヤーは頷いて、言った。「構造がわかっていなければ、やらん」

あの時も脱出には難儀もしたし、時間も足りていなかった。

――あるいは今ならばどうだ？

女神官に《聖光》を頼めば……いや、鉱人道士に《隧道》を掘らせ退避する手もある。

保管鞄がなくとも蜥蜴僧侶の膂力ならば、火の秘薬を大量に運べる事は確かだ。

――いや。

そこまで考えて、彼は鉄兜を左右に振った。左右の通路を確認するためだ。小鬼の数を。

そう——これは小鬼退治で、そのために依頼人が経費を持ってくれたからできる事だ。

早く、多く、正確に、小鬼を殺すためだけの行動。戦い。

事前に地形の分かっている遺跡を、ただただ突き進む。それだけの話ではないか。

それのどこが冒険といえるだろう？

仲間——と呼ぶのに、思考の上でも一瞬の躊躇がある——に、付き合ってもらっているのだ。

であれば、自分にできる事に注力すべきだ。

これはゴブリン退治で、自分は——ゴブリンスレイヤーなのだから。

「右の通路から群れがくるな。左は少数。だがまあ、いずれにせよ数は多い」

「混沌の勢力とやらも、なかなか本腰をいれておりますするなあ！」

四方八方から押し寄せる小鬼どもを蹴散らしながら、蜥蜴僧侶は叫ぶように声を上げる。

なにせ小鬼どもはまさに雲霞《うんか》の如くなのだ。手を止めれば飲み込まれる。

妖精弓手ならずとも、普通の冒険者が生涯に見るよりも多くの数と思うのは無理もない。

もっとも——そんな数はこの場の全員、とうの昔に見ているのだろうけれど。

「てぇこたぁ、指揮官がいるって事だの！」

鉱人道士が、横合いの分岐路から飛び掛かってきた小鬼の頭蓋に手斧を見舞って応じた。

普段より呪文——奇跡だ——は減っており、蜥蜴僧侶は二つ三つ、自分も二つ使っている。

——まったく節約せにゃあならんてのは面倒なこったの！

「そいつもゴブリンなんじゃあないの？」

「いや」

小鬼を飛び越えるや否や、振り返りもせず蜻蛉《とんぼ》を切って背後の頭蓋を矢で射抜いた妖精弓手。その直下を駆け抜けて小鬼を蹴散らしたゴブリンスレイヤーは、首の骨を蹴り折り、言った。

「小鬼どもが、王家の守護する遺跡の奥まで入り込めるとは思わん」

「でしょうな」

小鬼の血潮《ちしお》をその身にたっぷり浴びながら、蜥蜴僧侶が実に愉快げに目を回してのけた。

両手で引き裂いた小鬼の死体を左右に投げ捨て、蹴爪で床を叩いて前へ出る。

いくさは良い。とはいえ小鬼退治は気が進まぬ。だがしかし、これが雑兵《ぞうひょう》というなら話は別。

つまり——指揮官がいるのだ。

それは大将首ではあるまいか。誉《ほまれ》であり、功徳《くどく》である。浜に捨てるにはもったいない。

「徳の稼ぎ時というやつでありますぞ、各方《おのおのがた》！」

「その発想だけは何百年かけても慣れそうにないわ、ね……！」

蜥蜴僧侶が伸ばした尻尾を「どうも」と梢《こずえ》のように伝い、妖精弓手が石床に降り、また走る。

「いっそ森人の流儀を学んだ方が早いかもよ？」

くすくすという上の森人の笑い声は、小鬼の巣窟《そうくつ》に不釣り合いな涼やかさで耳をくすぐる。

油断でもなければ、慢心でもない。緊張し無言になれば勝てるなら、誰しもそうする。

固くならず、さりとて緩み過ぎず。左右の均衡を保つことこそが生き残る秘訣《ひけつ》だ。

幾度かの冒険を経て生き延びたなら、大なり小なり、その事は理解できるというもの。

お互いまったく違うのだから、当たり前の事だ。

故に——そう、言葉を交わすべき事と、交わすまでもない事が、ある。

「行くぞ、前へ——……」ゴブリンスレイヤーは言った。「前へ、だ」

そう、前へ、前へ。

彼は神に祈った事がない。どう祈れば良いかわからない。祈れる者はすごいと思う。

だからこそ——だからこそ、今この時は、正道《ルタ》の神の加護を願った。

より良き道、より速く、正しい道を掴み取り進む、その試行錯誤を尊ぶ神の加護を。

彼方の暗がりに淀む闇の気配に、気づかぬ冒険者たちではないのだから。

§

「食性が合いませぬでなあ」

「問題はそこよねー」

それ――と呼ぶべきだろう――は、忌々しい騒音に、ひどく不機嫌な気持ちで目を開けた。

眠りを妨げられるという時点で、不快なのは当然だ。

だが特にそれが嫌うのは、意図せず意識に割り込んでいくる無礼な音の類だった。

例えば、そう、無遠慮な冒険者どもの立てる足音などが、そうだ。

小鬼どもの騒音だって気に入らないが、まあ、連中はそういう生き物だと諦めもつく。

黙って詰めていることさえできんのかと、腹も立つが、諦めだってつく。

冒険者どもはそうじゃあない。

不躾《ぶしつけ》にも人の寝所に踏み込んできて、喚き散らし、財宝目当てに襲いかかる。

――冒険者などというのは、結局、暴力的《バイオレンス》なごろつきどもではあるまいか。

故にそれは不機嫌そのものといった様子で、自身の寝床の蓋を持ち上げ、開けた。

「……いったい、何があったのかね」

「GBG！　GOBBGRGB!!」

折よく――大方逃げてきたか、サボっていたか――寝室にいた小鬼に、質問を投げかける。

ぎゃいぎゃいという言い訳じみた言葉を聞き、それは「なるほど」と頷いた。

――まったく、やはり小鬼風情では見張りにも、警備にも、役には立たんな。

「結構。であれば、早々に迎撃をしてやれ。冒険者なぞというものはな」

「GRGBGB！　GOBBGBOGRG！」

「何故残っている？　貴様も行けと言っているのだ、わからないのか？」

「ＧＯＲＧＢ……」

怯えと侮蔑《ぶべつ》、下からねめつけるような目をした小鬼は、大慌てで部屋から飛び出していった。

小鬼の態度には、まったく、嫌になる。

隙を突いて此方をどうこうしようという、その性根ではない。

此方の隙を突けると思っている事こそが、それにとっては屈辱であり、侮辱なのだった。

――そういう意味では。

冒険者などというのは、概して、ゴブリン共と性根が同じといえる。

「ふむ……」

その思いつきは、それにとって大層愉快なものであった。

冒険者とゴブリンが同じであるならば、同じように処してやれば良いのだ。

叩きのめし、打ちのめし、心をへし折り、自分たちが下等な存在である事を教え込む。

――つまりは躾と同じようなものだ。

それは古びて黴臭《かびくさ》い衣服に袖を通し、身嗜《みだしな》みを整えながら独りごちた。

――二度と目に入らぬような場所に押し込めて大人しくしていれば、此方も何もせぬのにな。

その程度のこともわからぬからこそ小鬼であり、冒険者なのだろう。

「よろしい、では、やる事は一つだ」

それは、にっこりと微笑《ほほえ》んだ。

「教育してやるぞ、冒険者どもめ」

その血のように赤い口蓋から、鋭く尖った犬歯を覗かせて――――……。

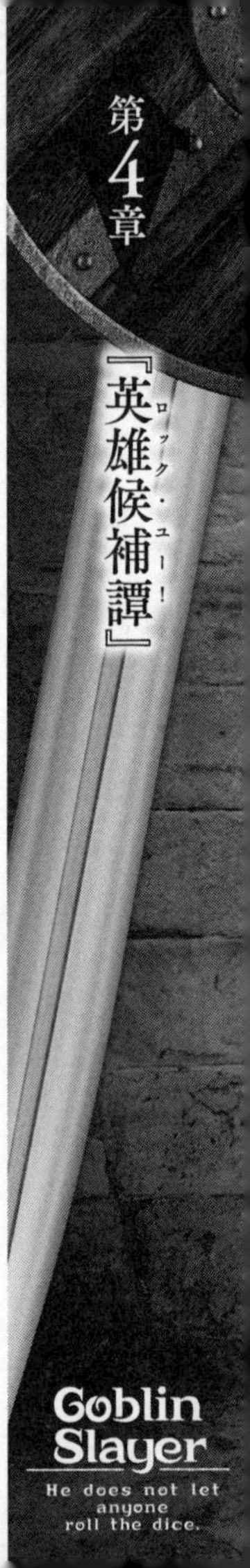
Goblin Slayer
He does not let anyone roll the dice.

第4章『英雄候補譚《ロック・ユー！》』

「次だよね？」

「何度目だそれ」

圃人《レーア》の少女からの問いかけに、少年魔術師は不自然に目をそらして、苛立たしげに言った。

「五度か、六度？」

「わかってるなら……」

聞くんじゃねえよという言葉を、彼は強引に飲み込んで、しぶしぶといった風に答える。

「そうだよ、次だ」

「……よし」

真剣な面持ちで頷く彼女がいるのは、本来は剣闘士たちの控室として充《あ》てがわれた個室だ。

この大会の最中は参加する騎士たちのために開放され、その一室を彼女たちは使っている。

天井を挟んで遥か頭上には戦盆が乗っかっており、時折、観客たちの歓声が部屋を揺らす。

妙に暑苦しいのは、闘士たちの戦意を昂《たか》ぶらせるためか、たんに自分が緊張しているだけか。

――ああ、くそ……ッ

だから、だろう。だから、余計に。少年魔術師はいらいらと自分の頭を掻いた。

短い休憩時間《インターバル》。鎧具足を脱ぐと脱がないとでは、体力回復の効率は段違いだ。

「……」

しかし、だからといってすぐ傍《そば》で年頃の娘が、汗だくでいるのを気にしないではいられない。

濡れた鎧下が胸元に張り付き、優美な曲線を描いているのを、彼は努めて視界から外す。

――そういうんじゃあ、ねえんだ。

彼女が何に集中しているかは知っている。知っているんだから、邪魔するのは阿呆《あほう》だ。

――阿呆で、間抜けだ。

此方を指さして笑う奴らに目に物見せるために、冒険者の道を選んだ。

なのにそいつらと同じような事をするのだけは、避けたい。

だけれど間近で緩やかに隆起し、上下する柔らかな温もりが、意識の中にちらつく。

「……水は飲んだな？」

それを振り払うために、彼は声を尖らせて、つんけんと言った。

「飲んだよー……」と圃人の少女は、心此処《ここ》に非《あら》ずと言った風に呟く。

彼女は椅子の背もたれに身を預け、ぐっと椅子を傾けて仰け反るようにした。

その拍子に白い喉《のど》を雫が伝って、鎧下の胸元に新たな滲《にじ》みを作った。

「次で、良いんだよね？」

「お前なぁ……」

少年が、自分でも何を言おうとしたのかわからないまま口を開いた時。

こん、こん。

響いたその控えめなノックの音に、彼は助けられた。

「……ん」

「おう」

以心伝心。少年魔術師は短杖を摑み取り、腰帯に飛棍を手挟んで席を立った。

まことの言葉を脳裏《のうり》に呼び起こしながら扉により、前ではなく脇に立って、一声。

「どちらさんで？」

「陣中見舞いってやつなんだけど、お邪魔かな？」

――聞き覚えのある声だった。

少年魔術師はほっと息を吐いて扉を開けて――目を見開いた。

「や、頑張ってる？」

「あ！　牧場のお姉さん！」

わ、と圃人の娘は声を上げるが、少年は無言のまま、現れた牛飼娘に道を譲って招き入れる。

赤毛で、背が高くて、その胸元が豊満というのがいけない。

ましてや今の彼女は都で流行りの装いをしているのだ。

雰囲気も装いも何もかも違うのだけれど――――……。

――……苦手だな。

少年魔術師は、そっと息を吐く。あれで、身嗜《みだしな》みには気を使う性質の女《ひと》だったから。

「はい、これ、差し入れだよ。がんばってね！」

「わあい‼」

その間にも娘二人、和気あいあいと盛り上がっているようではあった。

牛飼娘が持ってきた籠《かご》を受け取り、圃人の少女は言葉どおりの歓声を上げて両手を掲げる。

圃人というのは日に五回六回と食事をする種族だ。

つまりその分だけ時間も取られるし、戦いまでの間隔も短くなってしまう。

不平等だ――……。

などとは、思わない。一概にそうとは言えないからだ。

第一、生き物の特質に対する平等だの、配慮《はいりょ》ってなんだ？　と少年は思う。

持久力がない分は瞬発力に回されている証拠だし、消化の力だって只人《ヒューム》のそれとは違う。

急速に熱量を補給して動けるなら、かえって有利、かもしれない。

――やってみなけりゃわかんねえな……。

「何でも良いけど、軽めにしとけよ」

「うんっ！」

と答える圃人の少女はすでに口いっぱいに何かを頬張《ほお》っている。

少年魔術師が籠を覗《のぞ》き込んで見れば、干し肉と酢漬をパンに挟んだ弁当らしかった。

只人の軽めの昼食は、圃人にとってはお茶菓子《ちゃがし》程度だ。問題ないだろう。

少なくとも運動の妨げになるようなものでない辺り――……。

「ん？」

手慣れているなあ、と。圃人の少女の肌着姿から遠ざかった視線が、牛飼娘の目と交わる。

ゆるく小首をかしげる年上の女性に対して、「なんでもねえ」と少年は首を横に振った。

「あいつも」

と、ぶっきらぼうな言葉は短かったけれど、牛飼娘は意を汲み取って、うなずいた。

「うん、来てるよ」

「そうかよ」

今は外しているけれど。どこか寂しそうに呟かれた言葉に、少年はさして関心を抱かない。

あの男の事だ。十中八九、どころか限りなく十に近い確率で。

――ゴブリン退治だろ。

そうに決まっているのだ、あいつならば。

「………」

パンをぱくついていた圃人の少女が、少年魔術師の顔を、目を丸くして見つめる。

そして次の瞬間「あーっ」と、その顔が猫のようににんまりとした笑みに変わった。

「わかった、見てもらいたかったんでしょ！」

「ちげえよ！」

思わず少年魔術師の声が上擦った。強い口調で、反射的な反論。

それがまるで図星《ずぼし》を指されたみたいで格好が悪く、彼は軽く咳払いを一つ。

「そういうの、なんか、こう、見てもらうためにやるのは、違うだろ」

何糞と思って立ち上がった。それはだけど、褒めてもらいたい事とは、似て非なるものだ。

それでも自分の内側にある承認欲求を、少年魔術師は完全には否定できなかった。

穴の空いた桶のようなものだ。水を汲んでも、漏れていく。足りない。いつまでも。

姉がいればまた別だったのだろうか。今となっては、それさえもわからないけれど。

第一――……。

「主役は俺じゃなくてコイツだし」

頑張ってる奴をダシにするのだって、ひどく嫌なのだ。

圃人の少女はそんな少年魔術師の様子を、なんとも言えぬ表情で見やる。

面映《おもは》ゆいような、申し訳ないような、残念なような。

いろいろな感情が渾然一体《こんぜんいったい》となった複雑な面持ちに、牛飼娘は「ふむん」と息を漏らす。

「ね」と耳元で囁《ささや》くように声をかけられ、圃人の少女は「はい？」と首を反らして見上げる。

「試合前の口上、格好良かったねえ」

「あ」とすぐに考えに至った少女は、大げさなくらいに腕を広げ、声を張り上げた。

「すっごいよね！　あたしあんな風に言われた事ないもん。初めて！」

少年魔術師は「う」とも「む」ともつかぬ呻《うめ》き声を漏らして、そっぽを向いた。

だって、こんなのは見え透いているじゃあないか。

そんな事を期待しているように思われるのは、すごく恥ずかしかった。

子供があやされるようなものだ。だけれど、拒否するのはもっと子供じみている。

「ていうか応援されて戦うの自体が初めてかな。やるぞぉ！　って気持ちになるんだねー」

――だっていうのに、こいつは。

すごいや！　だなんて能天気に、本心から言ってくるのだ。少年魔術師は、じろりと睨《にら》んだ。

「あれって何かの魔法じゃないの？」

そしてついに、彼は深々と息を吐いた。降参で、負けだ。

「……じゃあ、二人がかりって事で良いのか？」

「良いと思う！」

なんて大きく頷いた彼女だが、しかし「あ、でも」と表情がころりと変わる。

圃人というのはいつだってそうなのだ。自分の周囲の事を見るのに熱心で、そればっかり。

それがあれこれと悩みがちな少年にとっては、いつも救いであり――……

「ねえ、いい加減さ、鎧つけるの手伝ってよ!」

「ぶ……ッ⁉」

同時に、厄介事の種でもあった。

思わず顔をひきつらせた少年を余所《よそ》に、圃人の少女は「だってさあ!」と言い募る。

「いっつもやってくんないんだもん! 大変なのに!」

「あー……」

牛飼娘はなんとも言えず、頰を搔《か》いて目をそらした。

幼馴染の事を思えば、なんというかその、色々と、思い当たる節がなくもなく。

「……まあ、仕方ないよね。男の子なら」

「うるせえ……!」

§

どっと押し寄せてくる小鬼の大群をひと当たり捌《さば》くにあたって、余計な事は考えない。

それを妖精弓手《エルフ》は随分《ずいぶん》と前に(と思う自分に彼女は笑った)学んだ。これは冒険ではない。

だが同時に彼女の鋭敏な知覚は、ほんの細やかな変化の機微《きび》を読み取り、耳を揺らした。

「なんか、雰囲気が変わった……?」

「かもしれん」

間近に迫った小鬼の頭に矢を突き刺し、引き抜いて番え、遠方の小鬼を一射。

上《かみ》の森人《エルフ》が弓の御業を横目に流すという贅沢《ぜいたく》を意識せず、ゴブリンスレイヤーは前へ出る。

そこへすかさず、小鬼どもが前進を食い止めようと飛び掛かってきた。

「GBRG！」

「GRG！　GOOGBGR‼」

——統制が取れてきたな。

だが数は百も行くまい。彼は二十五匹目の小鬼の喉笛に剣を突き刺し死体を蹴倒した。

「GOBBG⁉」

只人が小鬼に対し明確に勝る点があるとすれば、それはその間合いだろう。

単純な手足の長さはそのまま確保できる距離を意味する。小鬼より先んじて、小鬼より遠く。

それを意識すれば——……。

——この数程度ならば、どうとでもなる。

かつての塔、あるいは迷宮にて出会った少年との探索行。それらの時ほどの事ではない。

四方八方から雲霞《うんか》のごとく押し寄せる小鬼どもに対処する方法は、ただ一つ。

まっすぐに、切り込んで行けば良い。

小鬼の脅威は悪辣《あくらつ》さでもなんでもなく、ひとえにその数であろう。

包囲させず、こちらの体力——集中力《HP》ではなく、だ——が尽きなければ、問題ない。

平地でそんな事をやるのは、まっぴらごめんだったが。

「矢！」

「ああ」

故に問題となるのは、武器の取り捨て選択とその補充だ。

ゴブリンスレイヤーは鎧の隙間《すきま》に仕込んだ短剣を抜き撃ち、柱の影の小鬼を仕留める。

勢いそのままに前進、遮蔽《しゃへい》を飛び越えざまに引っ掴んだ小鬼の矢筒《やづつ》を、彼は空中へ投じた。

その合間に、ゴブリンの得物——錆《さ》びた剣を蹴り上げて掴み取ることも、忘れない。

「ありがと！」

そして空中に弧を描く矢筒を、妖精弓手のしなやかな腕がさっとかっさらった。

不出来で無作法、森人《エルフ》からすれば尖った棒と呼ぶべきものを矢筒に放り込み、これで一息。

矢筒が空っぽなことほど不安なこともない。小鬼の矢でも、無いよりはマシだ。

「ったく、耳長は不便だのう！」

「文明的と言ってよね！」

妖精弓手は手斧を揮《ふる》って小鬼の頭蓋を叩き割る鉱人道士《ドワーフ》を、鼻で笑って言い返した。

「穴居人とは違うのよ！」

「ほ！　雨風しのいどる分、森人よか進歩しとるわい！」

前進し錆剣を投じて小鬼を殺すゴブリンスレイヤーの、脇を固めるのが妖精弓手と鉱人道士。

四方八方へ矢継ぎ早に射掛ける射撃、膂力《りょりょく》に物を言わせて打ち揮われる手斧。

遠近の両方においてゴブリンどもを寄せ付けぬのであれば、蜥蜴僧侶《リザードマン》としても余裕が出る。

「沼地もなかなか快適なものですぞ」

体格に優れる彼は後詰、しんがりとして尻尾を横殴りに、小鬼を壁に叩き付けて絶命させた。

さすがに聖なる杖を小鬼の血で汚すのは憚《はばか》られるというものだ。石像はともかくとして。

もとより多少群がられたところで、蜥蜴僧侶をゴブリン風情《ふぜい》が止められるわけもなし。

それならば最前線にいるよりは、広く視野を持って足りない部分を補った方が良い。

なにせ――今宵《こよい》は神官が一人足りないのだから。

「どう見る？」

「統制が取れてきましたな」

振り返りもせず、喉を貫かれた小鬼から棍棒《こんぼう》を奪い取る男に、蜥蜴僧侶は首肯《しゅこう》した。

「向こうの指揮官が事態に気づいたと見て良かろうものでしょうや」

「この規模なら小鬼の王という事はあるまい」

棍棒を右に叩き付け、二十八と呟くと、ゴブリンスレイヤーは低く唸った。

「だがシャーマンの類《たぐい》であれば、小鬼どもが此処まで従順に従うとも思えん」

「ＧＢＢＧ⁉」

「混沌の勢力が上におると見てよろしいかと。闇人《ダークエルフ》、邪教徒、魔神崇拝者、あるいは――……」

「GORG！　GGORB⁉」

「GBOBGR⁉」

会話の合間に行殺されるゴブリンども。そんなものは、物の数ではない。

飛び散る血飛沫に妖精弓手は顔をしかめ、けれど次の瞬間、彼女の長耳がぴんと鋭く尖った。

「前方、何かいる！」

「む……！」

瞬間、赤光が闇を貫いた。

見えたと思った瞬間に脇をすり抜けるその光線は、とても回避できるようなものではない。

上の森人の知覚がなければ、今頃は脇腹を貫かれていたに違いあるまい。

小鬼以外の攻撃を鎧で受け止められるなどと、今まで思った事はないのだ。

ましてや――闇の奥、進行方向の彼方《かなた》に淀む、闇の主などとは。

「なんだ、ありゃあ⁉」

「少なくとも　ゴブリンではあるまい」

鉱人道士の疑問に対する、頭目《リーダー》の答えは簡潔で明確だった。

闇そのものが実体を得てむくむくと膨れ上がったかのような威圧感は、小鬼のそれではない。

それは、小鬼殺しならずとも知らなくて当然の、恐るべき脅威度の怪物であった。

もしも、この場に女神官がいたならば、
あるいは白兎猟兵か、さもなくば棍棒剣士か至高神の聖女がいたならば。

彼女彼らであれば、覚えがあっただろう。

怖気を震うような凍てつく冷気。

憎悪や欲望ではなく、命あるものを家畜としか思わぬがゆえの、傲慢《ごうまん》で無関心な殺意。

「小鬼と一緒くただと？　不遜《ふそん》にもほどがある物言いだな……」

青白い肌をしたその男は、ぬらぬらと赤く濡れた口を開いて、異様な声を発した。

到底聞こえるはずのない独り言めいた呟きが、しかし冒険者たちの耳へと届いたのだ。

その男は、青白い肌、闇に燃える瞳を持った、一見して年若い男であった。

夜会服などという馬鹿げたものは着ていない。

赤黒い、皮を剥いで筋繊維を剥き出しにした獣が如し意匠《いしょう》の甲冑を纏《まと》った、一人の戦士。

かの者――その存在を呼び表す言葉は、まことに多く存在している。

夜の一族。不死者《ノスフェラトゥ》。永生者《アンデッド》。

どれもこれも、この怪物どもを語るために生み出された言葉ばかりだ。

古の詩人《バイロン》に曰く――……。

四方に彼の者が顕《あらわ》れるならば

その墓所の亡骸《なきがら》は暴かれねばならぬ
さもなくばその者、とこしえの眠りを拒み
汝《なんじ》の同胞《はらから》すべての血を啜《すす》らん
真夜中、娘、妹、妻から
その命の泉は失われん
忌むべき宴に引きずり出された
哀《あわ》れな贄が生命の終わりを知る時に
その祖が悪鬼であることを悟るだろう
汝が呪い、彼奴らが汝を呪うように
その花は茎の上にて枯れ果てる

「――――吸血鬼《ヴァンパイア》！」
妖精弓手が、悲鳴を上げた。

§

その闘技場が、しんと静まりかえる事が果たして今までにあったであろうか。

王都万民が詰めかけ押し寄せた観客たちが、ただただ、言葉も忘れて戦盆の上を注視する。

耳が痛くなるほどの静寂の中、唯一響くのは、その粛然《しゅくぜん》さの上で弾む軽快な蹄の音。

四方世界《しほうせかい》にこれまで、かように威風堂々たる駒の進め方をした驢馬《ろば》は他にいまい。

いるとすれば憂い顔の騎士が忠勇なる従者の愛騎、茶斑号くらいのもの。

加えて、その上に跨《また》がった武者姿を見るが良い。

腰には太刀帯び、手には盾、槍を小脇に携えたるは、叙事詩から抜け出たが如き麗しの騎士。

白雪の如く一点の染み一つなき輝ける物の具に、兜の飾りも白き羽。

跳ね上げた兜の庇《ひさし》の下に覗くのは、赤々と頬を高潮させた、愛らしくも勇ましき一人の娘。

その鎧に隠れた小さな体軀《たいく》が、柔らかくもしなやかに、美しく育ったと知る者は少ない。

だが、見ればわかろうものだ。

鍛えられた美しき鋼が、白く瀟洒《しょうしゃ》な鞘に納められ、抜き放たれる時を待って息づいている。

あれは蕾《つぼみ》だと、誰かが言った。白薔薇《ばら》の蕾。咲き誇る前、僅かに顕れる、刹那《せつな》の美しさ。

つい何日か前、初めて彼女が闘技場に現れた時、嘲笑《ちょうしょう》が起こった事を覚えている者はいない。

誰もが圃人の少女の矮軀《わいく》と貧相さに、忍び笑いを浮かべた事を忘れていた。

そしてその全ての注目を今や一身に集めている少女が――……

――なんだ、あんなに嫌がってたのって絵の練習してのバレると思ってたからか。

などと、見当違いの事を考えている事などは、想像もつかぬだろう。

だが圃人の娘は愛馬を一歩進ませる度、いや控室を出た時から、胸の高鳴りを覚えていた。

蹄の音一つずつに、どきどきと、心臓が跳ねる。体の奥がムズムズする。頬が緩む。

少年魔術師が魔法の絵の具を用いて、彼女の鎧を彩りだした瞬間に、それは始まったのだ。

本当は決勝までのとっておきだと、彼は言っていた。でも此処で使おうと、言ってくれた。

筆が虚空《こくう》をなぞると兜が立派に、鎧具足が立派に、なぜだか自分まで立派になった気がした。

此処が鞍上《あんじょう》でなければきっと飛び出して、彼に抱きついてしまっていたかもしれない。

不安はなく、期待──ワクワクとした気持ちしか、もうその胸中には残っていない。

やるぞと気合を入れて、圃人の少女は相対する騎士の方へ、その目を鋭く細めた。

──此処まで来たんだ、目にもの見せてやる……！

「あのような鎧具足は圃人らしさを損なう。あれでは見世物ではないか。彼女に失礼だ」

対して、つい先程まで万雷の拍手の只中《ただなか》にいた至高神の騎士は、哀れむように呟いた。

愛馬の上に跨ったその騎士は、圃人の少女を見てはいなかった。

いや、視線を向けてこそいたけれど、それは路端の石を見るような目であった。

「やはり甲冑の様式も統一させるべきだ。この大会は、まったく、酷い。何より──……」

初めて彼が明確になにかへ視線を向けたのは、ついと貴賓席を見上げた、その時だった。

貴賓席には、国王の姿はない。かわって、美しい白いドレス姿の、王妹が席についていた。

彼女はぎこちない所作《しょさ》で、観客、そして戦盆上の騎士らへ、控えめに手を振っている。

その背後には都で流行りの装いをした侍女二人が、澄ました顔で控えていた。

彼女たちは片方は自分の魅力を完全に誇示しており、片方はその豊満さを隠す様子もない。

騎士はそこに唾棄《だき》すべき邪悪がいるかの如く睨みつけると、ゆっくりと頭を振った。

「……本当に、震えが止まらない」

文字通り吐き捨てるような言葉を残して、騎士はその兜の庇を下ろし、留具をかけた。

だが――そんな事は別にどうでも良いのだ。

圃人の少女が対手の様子を観察したのは勝つためだ。自らのためだ。相手のためではない。

彼女は兜の庇に手をかけ、それを下ろす前に、期待を――そう、期待を込めて、振り返る。

「……」

その視線の先に、少年魔術師の姿があった。

短い杖を弄び、腰の飛棍に手を当てて、苛立たしげに四方を睨み、低く唸る。

落ち着かない様子――それは客観的に見ればだ。圃人の少女は知っている。

あれは彼がなにか真剣に、彼女のために考えている時の仕草。

むつかしいことはよくわからないけど、でも、それだけわかってれば大丈夫。

「……おう」

少女の視線に気づいた少年は、はたと顔を上げ、短くそれだけを呟いた。

だから少女も「うん！」と元気よく応えて、兜の庇をがしゃりと下ろした。

――此処まで来たら、後はやるだけ、か……。

戦盆へと駒を進めていく小さな、けれど誰よりも大きな背を見送って、少年魔術師は呻く。

『やるか、やらねえかだ！　試しなどねえ！』

あの忌々《いまいま》しい老圃人の怒鳴り声が脳裏《のうり》に木霊する。そうとも、その通りだ。

試しに小鬼を殺してみる。試しに竜を退治してみる。そんな事ができるわけもない。

最果ての聖騎士がそうであったように、やると決めて挑むからこそ、竜は殺せる。

試しに竜から宝玉を盗んでみようだなんて、どんなに間の抜けた忍びの者でもやりはすまい。

――クソがよ。

少年は忌々しく毒づいて、少女の後を追うように馬場へ進む。

息を吸い込む。何もかもを吸い込むつもりで。呪文？　知ったこっちゃない。

大賢人を見るが良い。魔法を使わぬ事こそが、魔法の偉大さを高めているのだ。

必要なものは？　すでにある。静寂だ。何よりも雄弁な静寂。だから、息を吸う。

――見てろよ、クソが。

お前なんかにできるわけがない。とっとと死んでしまえ。姉のように。

下卑た笑い声を上げた奴らがこの場にいると思って、少年は叫んだ。

「遠からん者は音にも聞け、近くは寄って目にも見よ!!」

びりびりと、声が響く。呪文はなし。小細工なし。魔法の絵の具だ？　屁理屈抜かせ。

真っ昼間だ。太陽の光がある。この会場だ。客からは遠目にしか見えない。

ただただ白く塗りたくって、磨いて、羽を差した。それだけだ。魔法なんか、ない。

なくたって、できるんだ。自分は――あの娘は。

――言うか？　言うのか？　構わない、言ってやれ！


「先の賢者の学院、その主席たる紅玉の術師が弟が申し上げるは――……‼」


観客席の一画がざわめいた。そんな気がした。わからない。気の所為《せい》かも。

――どっちだってかまやしない！

これで何もかもが終わるなんてありえない。わかってる。わかりきっている。

連中は延々と言い続けるだろう。己の胸の内に淀むものは影のようにへばりついて離れまい。

――だが、それが何だって言うんだ。

老圃人は滔々《とうとう》と語ったものだ。大賢人、あの偉大な魔法使いが何故偉大なのか。

馬鹿な奴らは竜と語らうから、宝具を取り戻したから、生死の端境を繋いだからだという。

そうではない。彼は。彼こそは――……。

「――我が友たる冒険者‼」


己が影を受け入れたからこそ、偉大なのだ。

その機会を与えんとしてくれた友がいるからこそ、大賢人は偉大なのだ。

であれば、これが自分の第一歩。踏み出させてくれた彼女のために。

面と向かって言えぬなら勇気がないだとか、そんな難癖も知ったこっちゃあない。

――良いだろう。やってやれだ。


「剛勇無双の圃人の剣士！　その武勇、美貌《びぼう》！　今更語る必要とてありますまい‼」


影が付き纏い、離れぬのは当然だ。

どこまでも、どこまでも、影とは付き合っていかねばならないのだ。

克服《こくふく》はできない。受け入れたって嫌気が差すだろう。そんな事ができるのは聖人だけ。

そうでない以上は、無様にみっともなく、浮き沈みし、左右に揺れながら歩くしかない。

その無様さを厭《いと》うて光だけ浴びようとするのも、闇の中に浸り切るのも、滑稽《こっけい》に過ぎる。

極端な奴は、まともに反対側を見れないと、自白しているも同様なのだから。

「何故なら――九人の徒歩の者の旅よりも前から、かく語られている事を、ご存知のハズだ！」

知らないって？　そりゃあ勉強不足なだけだ。
本を読め。勉強をしろ。そして世界に出て、旅をして、冒険をすべきだ。
できないって？　それこそ知ったこっちゃない。
やるしかないんだ。だって、見ろ。彼女はやったぞ。
田舎を飛び出して、馬鹿にされながら冒険者になって、修行して、旅をして。
今この時この瞬間、彼女は此処にいる。ここまで、自分を連れてきてくれた。
ああ、そうだ。一人の成果じゃあないって？　そうだ。自分一人の成果じゃあない。
つくづく、思い知った。よくわかった。圃人は。圃人とは――……。

「圃人とは、見上げた種族なのです!!」

それだけじゃあない。それだけじゃあないんだ。種族だけで、決まるわけがない。
すぐにそこだけ見て、良い悪いだ、強い弱いだ、言う奴がいる。馬鹿にしやがって。
種族だけで、全部が決まるわけがない。腕を振るう。白い物の具の、あの娘に向けて。

「そして彼女は、偉大な冒険者なのです‼」

なるでしょう、じゃあない。立派だ。もう、立派なんだ。
彼女の庄にいた他の圃人の誰一人、此処までは来れなかったじゃあないか。
今観客席にいる他の賢者の学院の奴ら誰一人、戦盆の上に立ってはいないじゃないか。

「いずれこの戦いは、彼女の英雄譚、その一幕として語り継がれる事でしょう！　故に――」

此処まで来て、此処まで連れてきてくれたのは、あの娘たった一人だけだ。

「故にあえて、これ以上は申し上げません。ただ一言、彼女の名を、今一度だけ‼」

そして少年は、声高らかに、圃人の少女の名を叫んだ。
――がんばれ。
ただ一心、その思いだけを込めて。

「―――――――――――――――――――――――――ッ!!!」


万雷の、喝采《かっさい》。

幾重にも木霊するのは、圃人の少女の名前ばかり。

彼女は兜を揺らして、戸惑ったように周囲を見回した後、ぶうんと大きくその腕を掲げた。

途端《とたん》、雷は既に抜けたはずの天井をさらに貫いて、遥かな高みから闘技場へと降り注ぐ。

それに「ひゃっ」と驚いたらしい彼女は、すぐにけたけた笑って、再び拳《こぶし》を突き上げた。

対峙する騎士はといえば――……。

「………」

馬上で立ち尽くし、呆然《ぼうぜん》としているようであった。

きっと彼の中の世界では、圃人は哀れで同情されるべき存在に過ぎなかったに違いない。

そんな圃人をこのような場に引き立てた騎士こそが、讃えられるべき存在だったのだろう。

公明正大、清廉潔白、曇一つなき立派な騎士。

――知ったことか。

「どうだよ」

少年魔術師はふてぶてしく、不敵に、真正面から見て、笑ってやった。

「これが、平等で公平って奴だぜ」

§

「まったく、ちょっとこれ不公平じゃないの⁉」

妖精弓手の叫び声は、二体の怪物が激突する轟音《ごうおん》によってかき消された。

いにしえの大神殿、地母神の聖域であったはずの遺跡は、今や死屍累々《ししるいるい》たる戦場だ。

寄って集《たか》ってくる小鬼どもを蹴散らした先、赤黒い甲冑の男に挑みかかるは恐るべき竜の末。

「イイイヤアアアァァッ!!」

「ぬるいわ……ッ!!」

がっきと音を立てて噛み合う剣と爪。

火花が飛び散り、その鍔《つば》迫《ぜ》りの圧力が双方の得物を赤く熱く、輝かせる。

尋常《じんじょう》な膂力の勝負ではなかった。

渾身の力を込めて爪爪牙尾を振るう蜥蜴僧侶、その蹴爪が、ぎ、と音を立てて床を擦る。

押されているのだ。かの赤の竜《レッドドラゴン》とさえ組み合った、蜥蜴僧侶が。

「恐るべき竜の末裔《まつえい》が、こそこそと我が城に入り込むか！　堕ちたものよな！」

「なんの！　拙僧らの父祖は夜目《よめ》も見通せたそうな……！」

押されて尚、恥ずべきところ一切なし。蜥蜴僧侶は高らかに吠え、吸血鬼と打ち合った。

地母神の杖の一撃であれば有効やもしれぬが、此処に至っては振らぬではなく、振れぬ、だ。

鍔迫りの最中に掴み取られてしまえば、もはや抗う事はできず、奪われてしまう。

元の木阿弥《もくあみ》。鍛え抜かれた冒険者たちが、そんな愚《ぐ》を犯すはずもない。

であるからこそ――――……。

「そこ……ッ！」

間髪入れず、遺跡の壁を駆けて高位を取った妖精弓手の矢が閃《ひらめ》いた。

みすぼらしき小鬼の矢といえど、射手の腕が違う。

上の森人の放つそれは魔術の矢《マジックミサイル》にほぼ等しい。

つまりは必中、乱戦の最中であっても的確に錆びた鏃《やじり》が吸血鬼へ突き刺さる、が――――……。

「こそばゆいッ!!」

「ああん、もう……ッ！　どこぞの人喰鬼《オーガ》じゃあるまいし……ッ！」

剣で切り払われるのはまだしも、刺さった端から引き抜かれては納得がゆかぬものだ。

錆びた鏃とはいえ、深々と突き立ったそれを、返しで肉が裂けるのも厭《いと》わず抜き捨てる。

どす黒い腐敗した血が流れ出るのもつかの間。次の瞬間には肉が盛り上がり、傷口は塞がる。

その様を神がかった視力で見て取り、唇を噛みながらも、妖精弓手は虚空を駆ける。

生憎《あいにく》と――吸血鬼だけにかまっていられる余裕は、ないのだ。

「GGGG……」

「BB……」

小鬼だ。いや、違う。

それは小鬼だったものだ。

頭を潰され、喉を裂かれ、臓腑《ぞうふ》を貫かれた。

だが、立ち上がる。起き上がる。還ってくる。黄泉《よみ》還る。

吸血鬼の放つ瘴気《しょうき》に当てられたそれらは、一つ、また一つと立ち上がる。

おお、これぞまさしくは《死》の力。迷宮の主《ダンジョンマスター》が権能の一つ。

かつてのいくさにおいて秩序の勢力を大いに苦しめた、闇の軍勢《アーミーオブダークネス》に他ならぬ。

「BRAAINN……」

「BBBRRRRRAAAAAIN……」

「そ、こぉっ!!」

蜥蜴僧侶が吸血鬼へと挑みかかりそれを押さえる時点で、此方の戦力は減っている。

そこで妖精弓手までもが蜥蜴僧侶の援護にかかりきりとなれば、終わりが見えるというもの。

地母神の聖域を汚す冒瀆的な亡者の群れへ、彼女は石柱を足場に上から射撃を浴びせていく。

文字通り、雨のように降り注ぐ、という事だ。

一匹、二匹、五匹、十匹。瞬く間に小鬼の死体が針山の如くに成り果てる。

その援護は冒険者らにとって効果大。なにしろ一呼吸する程度の余裕をもたらしてくれる。

次の瞬間には、ぎちぎちと壊れた操り人形のように身を捩《よじ》らせて、連中が立ち上がるにせよ。

「これじゃあ、キリがねえぞ!」

「いつもの事だ」

鉱人道士が手斧を振るうのにあわせ、ゴブリンスレイヤーは短く、端的に応じた。

ゴブリンとの戦いに限りがあった試しは無い。ただその場にいる数というだけの話だ。

――だが、これはゴブリンではない。

手癖で喉に短剣を突き立ててはみたものの、それでもまだ蠢《うごめ》き摑みかかってくる小鬼。

それをゴブリンスレイヤーは円盾で打ちのめしていなし、体勢を立て直す。

蘇《よみがえ》った死者というのは概して脳が腐っているものだから、まともな思考は保てない。

吸血鬼のような上等な代物になるには、それ相応の研鑽《けんさん》が必要となるものだ。

つまり、ゴブリンは吸血鬼とはならない。

とすれば動く死体に残っているのはただただ欲望のみで、そういう意味でも大差はない。

ゴブリンスレイヤーは別段、アンデッドについての知識などかけらも持ち合わせてはいない。

ただ普段のゴブリンとの差異から、おおよその違いを読み取っていた。

違いは二つ。三大欲求のうち残っているのは食欲だけらしいということ。

もう一つは――どうやら仕留めるのに手間がかかりそうだという、その事だった。

「どうすれば良い」

「物理的に動けんようにしろ！」

鉱人道士は、種族の膂力にまかせた振り方で手斧を叩き付けながら、怒鳴った。

術を切れれば切りたいが、さてもはても、吸血鬼に通じる術とは何だろうか。

不確実な状況で、残り少ない手札を切るのは、度胸《どきょう》ではなく考えなしというものだ。

鉱人《ドワーフ》には鉱人の戦い方がある。今はまだだ。故に鉱人道士は、死体の脊髄《せきずい》を薪《まき》のごとく割る。

「手足だ、手足！　それか背骨！　それがええわ！」

「わかった」

そうと決まれば、ゴブリンスレイヤーの動きは迅速だった。

彼はゾンビを滅ぼす方法を知らぬが、小鬼を破壊する方法には長けている。

その上で――……。

――あの娘がいれば。

《聖光》を当てて怯ませてから切り込む、あるいは《浄化》で一網打尽という手もあった。

そんな事をふと考える自分に彼は鉄兜《てつかぶと》の下で低く唸り、その鬱憤《うっぷん》を小鬼の死体で発散する。

つまりは蹴倒し、背骨を踏み折り、その手から棍棒を奪い取ったのだ。

「これはもう、数える意味もないな」

四方八方から押し寄せてくる亡者の群れを相手に、破壊した数を競って何になろう。

これが小鬼であればまだしもだ。とすれば目的は生き残る事《サヴァイヴ》。

――こういう時は、棍棒に限る。

ゴブリンスレイヤーは右に、左に、当たるを幸いに棍棒を叩き付けて薙《な》ぎ払った。

小鬼の死体が吹き飛んで生まれた空白へ、すかさず身を捩《ね》じ込んでさらに前へ。

停滞は死だという前提を抜きにして、何はなくとも、この大広間からは抜け出さねばならぬ。

――二度と小鬼どもと開けた場で戦ってなどやるものか。

あれは最初の年《イヤーワン》だったか。村を一つ守るのにえらい苦労をしたものだった。

今考えれば無様《ぶざま》の極みだが、それでも十分に学びを得た。経験となった。

閉所《へいしょ》こそが活路だ――それとても、時と場合によるけれど。

「オルクボルグ、風の流れ!!」

そして、彼の仲間たちは、小鬼退治の事はともかく、それ以外は彼より上手《うわて》の冒険者だ。

数年来の付き合いという森人にとっては刹那のそれでも、妖精弓手は意図を察して叫ぶ。

彼女の鋭敏な感覚器は、風の精霊の舞踏を確かに捉えていたのだ。

指し示された方角。鉄兜の庇を透かして闇を睨む。

そこに通路がある事を疑う余地は、彼には無かった。

「あちらだ」

彼は小鬼の頭蓋を改めて叩き潰し、よろけた死体を踏みにじって叫んだ。

「行くぞ！」

その言葉と同時に、見事なまでの一挙動、無造作な動きで棍棒が投じられた。

かの雷神の鎚《つち》、あるいは小李飛刀には遠く及ばねど、小鬼殺しをして会心の一投であった。

虚空に白い軌跡を描いて飛来するそれは、馬人《ケンタウロス》ほどの視野がなければ防げぬもの。

吸血鬼の怪物的動体視力があったとしても、知覚したのが直前であれば意味はない。

あるいは回避する必要性を感じなかったのだとしても、その認識は誤りであったろう。

棍棒が吸血鬼の後頭を直撃し、その頭蓋を叩き潰したのだから。

ぐしゃりと骨が砕け、脳がひしゃげる音がした。花火のように内容物が飛び散る。

その一撃は、蜥蜴僧侶が身を翻すのに足りる、十分な隙を――……。

「は！　白木《いい》か……！」

作る事は、できなかったが。

ひしゃげた頭部から溢《あふ》れる脳漿《のうしょう》を拭いながら、吸血鬼はその目をぎらぎらと燃やした。

――まったく、小鬼どもを使うというのも考えものだ！

だが小鬼どもが生きている間、しっかり盾としての役目を果たした事を、吸血鬼は知るまい。

もしも上古の森人が木芽鏃の矢が残っていれば、初手で心臓を貫かれていたであろう。

だがその事実を知る者は、この場にはいない。誰一人として、だ。

「なるほど」ゴブリンスレイヤーは低く唸った。「確かに化け物だ」

「如何《いか》にも!!」

そう吠えた吸血鬼が、その手に生え揃った爪を打ち振るった。

治癒力を引き出す代償として、人外の獣性、蝙蝠《こうもり》か悪鬼の如き本質が顕になったのだろう。

「ぬ、お、おお……ッ!?」

蜥蜴僧侶は尻尾で床を打ち、蹴爪で石畳を蹴って跳躍する。

ざっと音を立ててその法衣が断ち切られ、触媒として持ち歩いている竜牙がばら撒かれる。

紙一重。かつ致命的な呪的資源《リソース》の損失。だが命を拾った。魔法の鞄も無事。

──是なり！

であれば恐るべき竜の末裔として、何ら恥じる事なく、ただ生きるのみ。

さしあたっては追撃を回避する。この一手に尽きる。

だが姿勢を低くして回避に備えた蜥蜴僧侶は、その目を瞬膜《しゅんまく》で一、二度、覆った。

追撃が、来ない。

ほんの刹那、瞬間的なものではあったが──吸血鬼の動きが、ぴたりと止まったのだ。

「おお！ 距骨《クルロタルシ》で歩む者の不運に憐れみあれ！」

蜥蜴僧侶はその貴重な瞬間を思索《しさく》に無為《むい》に費やす事なく、恐るべき瞬発力で飛び上がった。

一飛びで亡者の群れを飛び越えて、着地点の小鬼の骸《むくろ》を盛大に踏み散らす。

たとえ小鬼どもが生きていて、対処しようとしたとしても避けられぬ滅び。

空からの死《デスフロムアバブ》。蜥蜴人《リザードマン》ほど、質量と重力の恐ろしさを知る種族はいないものだ。

「大丈夫⁉」

「無論、無論！」

血相かえて声をあげる妖精弓手にからりと笑い、蜥蜴僧侶は長首を揺らして前へ飛び出す。

「いやはや、まったく、生存競争に勝ったという事で終わらせてはくれませぬかな！」

地母神の杖が収まった魔法の鞄を大事に抱え、尾をくねらせて走る蜥蜴僧侶。

その傍を風のように並走しながら、妖精弓手が空元気のように「無理ね」と笑った。

「だってあいつ、もうとっくに死んでるわけじゃあない？」

「これはしたり！」

大げさにそう呻いてのけた次の瞬間には、蜥蜴僧侶は味方との合流を果たした。

小鬼殺しがゴブリンから奪った鉄剣を振るい、鉱人道士と共に確保した通路。

そこへ蜥蜴僧侶は身を踊りこませ、妖精弓手が続き、鉱人道士がその後を追う。

最後にゴブリンスレイヤーの薄汚れた鎧姿が潜り込み——……。

「…………忌々しい」

吸血鬼は言葉通りの表情で呪いを吐いて、足元に散らばった白い牙を踏み砕いた。

吸血鬼の目が、宙に散らばった竜牙に釘付けになっていた事を、彼らは知らない。

それを数えるのに要した一瞬が——まさに、冒険者たちの生死を決したのだ。

吸血鬼は、ばら撒かれた粒を数えねばならない。

神の定めた絶対の法則だ。吸血鬼は、そういうものだと、四方世界では定められている。

これを反故《ほご》にすれば、吸血鬼は吸血鬼でなくなる。ただの死体となってしまうだろう。

魔法とは、すべからくそういうものなのだから。

怪物的な動体視力であればほんの一瞬だとしても、その一瞬は絶対だ。

決定的な一瞬。それをもたらしたものが何かといえば、《宿命》と《偶然》。

つまりは――冒険者の不断の努力、意志が摑み取った、因果というものであった。

§

「っく、ぁ……ッ!?」

薪《まき》を割るが如し音と共に、双方の槍が木端微塵《こっぱみじん》に弾け飛んだ。

圃人の少女が馬上で漏らした悲鳴はその破砕音に紛れ、誰に聞こえる事もなく掠《かす》れて消える。

だが彼女の頬は兜の下でさっと朱色に染まった。敵に打たれて悲鳴をあげるなんて！

猛烈な衝撃は彼女の左半身を大きく突き、小柄な体軀は驢馬の背から吹き飛ばされかけた。

それでも鐙《あぶみ》に足を踏ん張り、手綱を握って堪《こら》える。落馬しないだけで上等。上等か？

――冗談！

勝たねば意味がないのだ。闘志を瞳に爛々と燃やし、圃人の少女は驢馬の首を返す。

柵《さく》を挟んだ向こうには――いた。未だあの騎士の姿は馬上に健在。少女は叫ぶように言った。

「得点は⁉」

「一点！」

駆け寄った少年魔術師が、抱えるようにして持って来た競技槍を少女へと差し出す。

兜の庇を透かした狭い視界の中では、得点を示す旗の数がひどく見づらかった。

「ただ、さっきの口上で場が此方に傾いたおかげだ‼」

「つまり⁉」

「主観的には同点」と少年魔術師は苦々しげに言った。「向こうの槍も砕けてっからな」

圃人の少女は鉄兜の下で「ううーっ」と苛立たしげに呻く。

一瞬それを負傷によるものかと思った少年だが、すぐにその感情に気づいて顔を顰《しか》めた。

「なんだよ、不満か？」

「不満はないけどさ」と少女は言った。「あっち、絶対言い訳にしてきそうじゃん」

「ああ――……」

圃人に対して配慮してやったから勝ったのだ、などと。

言われたら堪《たま》ったものじゃあないのだろう。その気持ちは少年魔術師にもよくわかる。

「あたしは実力で、完膚《かんぷ》なきまでに、勝ちたいの！」

「だったらぶちかますっきゃねえな」

代えの槍を手渡して、少年はぽんと一度、少女の鉄兜を叩いた。

彼女は「うん！」と元気よく頷き、驢馬の蹄を前へと運ばせる。

その最中、ぽんぽんと軽く愛馬の首を撫《な》でさすり、労《ねぎら》ってやることも忘れない。

困難に挑んでいるのはこの子も同じだ。

訓練された軍馬相手に、ただの驢馬が此処まで来た。

——負けてなんかやるもんか！

ふんすと気合も新たに、圃人の少女は槍を構えて位置につく。

騎士はといえば、平然と——いやまあ兜で顔はわからないが——したもの。

勝とうが負けようが構うまいといった風で、ゆらりと槍を構えて此方と対峙する。

——気に入らないなぁ。

そう、圃人の少女にはそれが気に入らなかった。

槍を一度交えて、感じるものが——何もないのだ。

——そりゃあ、爺様みたいにはいかないけどさ。

山の下の大迷宮に行ったという死んだ爺様なら、殺気とか、剣気とか、わかったのだろう。

生憎と圃人の少女はまだその域まで達してはいない。だが、それでも——……。

——できるわけがない。

そう、思われている事はわかった。

圃人というのは、哀れで、小さく、弱い種族だから、守ってやらねばならない。

だから此処まで来れたのは自分のお陰で、彼女の勝利はたまたまの例外。

今の一本は考慮すべきものではなく――つまり、考えるべき相手ではない。

そこにあるのは哀れみとは似て非なる何かだ。

いないものとして見られる事は、圃人の少女の逆鱗《げきりん》に触れる行いだった。

庄の中で棒を振り回して剣士を志していた娘を、周囲の人々が遠巻きにするが如しだ。

――ぶっとばしてやる……！

単純に、ひどく不快であった。

「イィヤアァァッ‼」

審判が旗を振るや否や、鬨《とき》の声を上げて拍車をかけ、一気に驢馬を前に突貫させた。

わーわーという観客たちの声も、背後からの少年魔術師の声援も、全てが消える。

鉄兜の下の狭い視界が、ぐうっと一点、相手の姿を絞り込むように狭まっていく。

歯を食いしばり、右腕を引っ張る槍の重みを引き上げる。体が跳ねる。鞍の上。

鐙を踏ん張って、手綱を握り、小さな体を更に小さくして、穂先を繰り出す。

それは彼女がこの大会に参加して以来、幾度となく繰り返してきた、必勝の型の一つだ。

これが尋常な勝負であれば――その結果は、対手が彼女の型を研究したが故だろう。

しかし、彼の騎士はそのような事を考えてはいまい。

ただただ決まりきった、小柄なものを上から吹き飛ばすような、無造作な刺突。

交差する瞬間、少女の目が見開かれた。自分の槍がしなる。相手の槍が迫る。

それを騎士の鍛錬の成果と呼ぶのは烏滸《おこ》がましく、圃人の少女の失策とはとても言えない。

だから、これは単純な――《宿命》と《偶然》の骰子《サイコロ》の出目だ。

「きゃぅ、あぁッ⁉」

がぁんと鋼板がひしゃげる轟音と共に、少女の小さな体が吹き飛ばされた。

いや、投げ捨てられた人形の如く上体が後方へ倒れたが、まだ無事だ。

鐙にかかった足が、かろうじて彼女の体を馬上へと繋ぎ止めていた。

だが、しかしその体はといえば惨憺《さんたん》たる有様ではあった。

獣《けもの》か破城槌の突撃もかくやという衝撃は、競技用の槍で衰えたといえ、強烈だ。

白く彩られた鎧は大きくひしゃげ、折れ砕けた槍が駆け抜けた兜の庇は無惨に裂けている。

もしも素顔であったなら、少女の顔は二目と見られぬ惨たらしい有様となっていたであろう。

いや、たとえ兜をしていても、砕けた槍の破片が飛び込んで突き刺さり、死んだ王もいる。

あるいは万一――これが致命的結果《ファンブル》であれば、そうなっていたはずだ。

これが本身の槍であれば明確な違反だが、ただ砕けた槍が激突しただけならば――……。

驢馬の上でぴくりともしない圃人の娘の生死に、観客らは息を呑んで目を凝らす。

実際、この結果とて痛打であることには変わりはあるまい。

何と言っても鎧の装甲が外れ、汗で鎧下の張り付いた胸元が顕になっていたのだから。

馬上で仰向けになって尚形の崩れぬ美しい稜線《りょうせん》が、呼吸に合わせて浅く息づき、上下する。

息が上手く吸えない。は、は、と。喘《あえ》ぐように、口からただただ空気が漏れた。

——そら、あおいなぁ……。

頭がぐらんぐらんと揺れて、思考がちかちかと明滅する。

ぼんやりとした視界。ひどく歪んだ庇の向こうに、逆しまの少年の姿があった。

ぐっと手を握りしめて、飛び出そうとするのを堪《こら》えて、何かを叫んでいる。

——おちるな？

「………………——ッ！！！！！」

稲妻に打たれたように少女は目を見開き、その優れた腹筋を縮めて上体を引き起こした。

「ッ、ああ……ッ!!」

思わず、気合が漏れた。危なかった。ぶんぶんと頭を振る。ひどく、重たい。

——ああ、もう……ッ！

ぶらぶらと肩帯からぶら下がってる装甲を引きちぎって投げ捨て、兜に手をかける。

大きく歪んでとてもではないが面頬《めんぼお》も上がらないそれを、強引に頭から引っこ抜いた。

「ぷ、ぁ……ッ!!」

ほんの数分被っていただけなのに、何時間も籠《こ》もっていたような気分。

汗で濡れた額や頬に張り付く髪を振り払って、大きく息を吐く。

雷鳴のように歓声が轟いて少女の無事を讃え、審判が騎士の側へと一本旗を立てる。

だがその全ては少女にとってどうでも良かった。ただ相方の少年へ、ぶうんと拳を振って見せる。

彼が頷くのを見て、少女は頷きを返し、それから思い切り自分の頬を両手で叩いた。

――くっそう、なっさけない……！

爺様やお師匠が見たらきっとさんざか馬鹿にされるだろう。

無様を見せた羞恥に歯を食いしばり、圃人の少女はぎっと対戦相手を睨みつけた。

「やはり、そもそもこのような大会自体が野蛮《やばん》だ……」

騎士が頭を振ってそう低く呟《つぶや》いたのを、聞いたものはいるだろうか。

「圃人やその他の種族を見世物にし、怪我をさせるだけだ。即刻廃止にすべきなのだ」

大多数の観客にとっては、そのような事はどうでも良かった。圃人の少女にとってもだ。

それは最初、さざなみのように静かに押し寄せてきた。

歓声、熱狂の声が途絶え、困惑と戸惑いのざわめきが、徐々に徐々に、広がっていく。

誰が最初にそれに気づいたのかは、さだかではない。

だが圃人の少女が気がついたのは、少なくとも少年魔術師より後だった。

「…………ん？」

鎧の交換――そもそも換えはないけど、彼ならなんとかできるかな？――や槍の交換。

それをするために一度戻ろうと馬首を返したら、少年魔術師がしきりに上を指差している。

観客席？　いや違う。それよりもっと上。闘技場の向こう？

「空……？」

ぼんやりと、先程も見上げた青空へ視線が動いた。

白い日差し。青い空。白と灰色の濃淡のある雲の群れ。それに混じった幾《いく》つもの黒い染み。

見る間に大きくなるそれは、翼があり、爪があり、牙があり、爛々《らんらん》と瞳を燃やし――……。

「――怪物……？」

闘技場に、悲鳴が響き渡った。

§

「ええい、不甲斐なし！」

石柱の影に巨体を滑り込ませた蜥蜴僧侶が、彼にしては珍しく、忌々しげに吠えていた。

「吸血鬼こそが恐怖の王《キングオブホラー》なれば、恐るべき竜こそは怪物の王《キングオブモンスター》であるというに！」

とはいえ、その全身に負った手傷も決して軽いものではない。

強靭《きょうじん》な体軀と鱗あればこそ耐え凌げたのは明白で、継戦能力を保っているのはさすがの一言。

ゴブリンスレイヤーは彼の傷の具合が問題ない事を見て取ると、低く唸った。

「先程、動きが止まったようだが。何かしたのか？」

「拙僧は特に何も。……吸血鬼には幾つか弱点があるとは聞きまするが――……」

「そんなの知らないわよ」

妖精弓手が、蜥蜴僧侶の傷に手早く包帯を巻き、優雅に結び目を作りながら早口に言った。

「日に弱いとかってのは聞いたけど。只人の神殿じゃ、広めてないでしょ」

「何故だ」

「馬鹿な素人がそんなら俺でもやれるって突っ込んで嚙まれるからよ」

鉱人道士が火酒をかっくらって、忌々しげに遮蔽物の向こう側を覗き込んで言った。

ゾンビと成り果てていようが、だからこそ小鬼の脅威である数は未だに健在。

しかれどもその動きは生前よりも更に鈍く、重く、遅いようではあった。

吸血鬼の美意識によるものか、奴はゾンビをはしたなく飛んだり駆けたりはさせないらしい。

「只人にありがちよね」

妖精弓手が手当の終わった鱗にぴしゃりと軽く平手で触れてから、笑って長耳を揺らした。

「ちょっと聞きかじっただけで、世界の真実を知った気になっちゃうの」

「よくわかる話だ」

ゴブリンスレイヤーは、大真面目に応えた。

その上で彼らは迫りくる死霊の軍勢を横目に、淡々と補給と休息に取り掛かった。

およそ冒険者の休憩といえば小休憩と大休憩の二つだとよく言われる。

時と場合によってはほんの五分足らずで済ませることもあり、この時がまさにそれだった。

もとより、《小癒》などの祝禱《しゅくとう》に頼ることの少ない一党《パーティ》なのだ。

賦活《ふかつ》のために強壮の水薬を呷り、妖精弓手が持ち出してきた森人の焼き菓子《がし》を齧《かじ》る。

「ったく、森人の菓子は旨いは旨いが、ちょいと薄口なのは頂けねえな」

酒の肴には些《いささ》か寂しい。口ひげに欠片をつけながら、鉱人道士がわざとらしくぼやいた。

「炙った鶏腿《ローストチキン》でも欲しいとこだわい」

「文句言うなら食べなくて結構よ」

指についた欠片を舐め取る仕草も優雅に、妖精弓手が言った。

「にしても、あの子がいたらなって思うわよね。前に吸血鬼をやっつけた事があるんだから」

「ああ」

ゴブリンスレイヤーは鉄兜の隙間から小瓶を捩じ込んで水薬を呷り、頷いた。

「それは俺も聞いた。あれはあまり話そうとはしなかったが」

あれは俺などよりもよほど上等な冒険者だ。

そう呟く男の声に喜色《きしょく》が混じっていると、この場の者が気づかぬわけもない。

もしも女神官が同道していたならば――……。

「神官殿はあまり自慢にも、絶賛称賛にも、慣れておりませなんだ」

きっと愉快《ゆかい》な事になったであろう。蜥蜴僧侶は、ぐるりと目玉を回してのける。

蜥蜴僧侶は手当の施された体を、具合を確かめるように身じろぎをして長首を巡らせた。

「此度の一件は良い経験となりましょうや」

「問題はあの吸血鬼だの」

瞑想《めいそう》するかの如く結跏趺坐《けっかふざ》した鉱人道士が、膝の上に頬杖を突いて、不貞腐れた風にぼやく。

「やっこさんぶっとばさにゃあ、わしらはどもこもならんぞ、かみきり丸や」

そう言って火酒をかっくらった鉱人道士は、じろりと小鬼殺しの鉄兜を睨みつけた。

「お前さん、まっさか吸血鬼について知らねえとは言わせねえぞ」

「知ってはいる」ゴブリンスレイヤーはこっくりと頷いた。「詳しくはないが」

「それを聞いて安心したわ」

妖精弓手が呆れ半分、苦笑半分に呟いて、ことさらに低く唸るような声で続けた。

「『ゴブリンではないな』って言った時はどうしようかと思ったもの」

「ゴブリンではあるまい」

大真面目な返答に、妖精弓手は忍び笑いを漏らした。吸血鬼が聞いたら、どんな顔をしたか。

小鬼殺しは自分の下手な声真似には気づかなかったが、一党《パーティ》の空気には気づいていた。

皆が緊張を保ちつつ、それでいてきちんと緩みも維持できている事がわかったのだ。

——ありがたいことだ。

普段——そう、それが普段になっている事を、彼は気づいた——普段なら、こうはいかない。

細々と気を回し、食料や水を配り、手当をし、思案し、会話を繋ぐのは、女神官だ。

皆がそれを少しずつ補う事で、一党《パーティ》は普段と同様に問題なく機能している。

——俺では、こうはいくまい。

もし女神官を欠いた事で連携に齟齬《そご》が出たなら、どうすれば良かったか。

ゴブリンスレイヤーは見当もつかない難題を考えるより、目前の問題へと意識を向ける。

吸血鬼というのは、大層な難題だ。

「術は幾つ残っている？」

「わしは一度か二度ってとこだの」

拙僧も同じく、と。鉱人道士に続き、蜥蜴僧侶が長い首を縦に振ってみせた。

「竜牙は先程撒き散らしてしまいましたからな。竜牙兵は呼べても一体でしょうや」

「数があればなぁ」

ぼやいたのは妖精弓手だ。彼女は雑多な矢の収まった矢筒を軽く叩いて、肩を竦《すく》める。

「ばらまいたら、もう一回動きが封じられたかもしれないのに」

「理由がわからんからな。あっても過信はできまい」

「それはそうね」

ゴブリンスレイヤーの指摘に素直に応じる辺り、彼女としても本気ではないのだろう。

彼女の本分は弓矢の扱いであり、役目としては野伏《レンジャー》だ。

こうした作戦会議の際も、あまり細々した事に口は出さない。

あえてそれをする理由に、ゴブリンスレイヤーは察しがついていた。

だが何かを言う前に、妖精弓手は「良いわよ」とひらりと手を振って見せる。

「こっちはそんなに。小鬼の鉄の矢だけど、まあ、射つ分にはね」

「十分だ。あとは火の秘薬か……」ゴブリンスレイヤーは唸った。「日光に弱いと言ったな」

「天井ぶち抜こうって腹か」

すぐにその意図を理解した鉱人道士は、横で顔をしかめる妖精弓手を無視して、天を睨む。

通路の天井までは近いが、大広間の伽藍は高く、頭上は闇に閉ざされている。

《隧道》の術でも結構な時間、距離を掘り進んだ。

地下に長けた鉱人の勘、つまりは経験則で推し量るならば――……。

「この神殿のすぐ上が空かどうかはわからねえし、残りの量でぶち抜けるかはわからねえぞ」

「そうか」

およそ地下で鉱人の意見を否定できるのは、せいぜいが闇人くらいのものであろう。

ゴブリンスレイヤーは彼がそういうのならばそうなのだと、疑問を挟む余地なく納得する。

「いっそ奴を燃やしっちまう方が良いかもしらんな」

「燃やす」

「不死者《アンデッド》つーても燃えねえわけじゃあるめ。所詮は死体《デッド》よ」

「つまるところ……あれは屍《コープス》か？」

ゴブリンスレイヤーはふと脳裏に、知識神の灯火が天啓《インスピレーション》のように閃くのを見た。

「生きてはいない《ノーライフ》？」

「まあ……そうさな」

鉱人道士が、髭《しご》を扱いて思案する。まあ、そうだ。あれを生きているとは言えまいが。

「十何年か前に王都に出たっつー吸血鬼の親玉《ヴァンパイアロード》も、不死王《ノーライフキング》っつーくらいだし」

――で、あるならば。

鉄兜の庇を透かして、仲間たちを見やる。仲間たち。そう考えるのには、まだ慣れない。

ここに女神官の姿がない事が、少しばかり残念であった。同時に、良い事でもあった。

今あの娘は王都で冒険をしているのだ。俺などには思いも及ばぬ、素晴らしい冒険を。

己の冒険に皆を付き合わせている事に、ゴブリンスレイヤーは苦々しい思いを抱く。

――で、あるならば、だ。

「手はある」

ゴブリンスレイヤーは言った。

「やるぞ」

――勝たねばなるまい。

§

「下がってください‼」

女神官の動きは迅速かつ的確、まったくもって見事としか言いようのないものだった。

彼女は錫杖《しゃくじょう》を手繰ると瀟《しょう》と一打ち一鳴らし、貴賓席から身を乗り出すように、杖を突き出す。

「《いと慈悲深き地母神よ、か弱き我らを、どうか大地の御力でお守り下さい》‼」

途端、急降下してきた翼持つ怪物は、不可視の力場によって強《したた》かに弾かれて虚空へ散った。

「GAAAARGO⁉」

「GARGOO！！？」

一匹、二匹。《聖壁》に激突する度に衝撃が女神官をも襲うが、しっかと立って揺るがない。

青空に滲む黒点が怪物のそれである事は、首筋の産毛が逆立つ感覚がなくとも気づこうもの。

先達《せんだつ》て砦に立ち寄った際に巻き込まれた戦いの経験は、彼女の中に確かに息づいていた。

——石のような体。爪。牙。翼。アレは……。

「か、怪物……ッ⁉」牛飼娘の恐れ慄《おのの》く声。「魔神——……⁉」

「いえ！」と女神官は声を上げた。「ガーゴイルの類です‼」

女神官も怪物辞典《モンスターマニュアル》以外では初めて見た。

だがそれでも、冒険とはほぼ無縁な彼女、牛飼娘よりは冷静に判断できる。

突如として自分の居場所を怪物に襲われる経験など、ないに越したことはないものだ。

「GGOOYYYYLEE!?!」

ばしりとまた一匹が《聖壁》にぶち当たり、女神官の手がびりびりと痺《しび》れた。

——大丈夫。

まだ耐えられる。まだ保つ。此方側は問題ない、はず。だけれど。

既に観客席の方には混乱が広がっており、群衆の悲鳴と怪物の咆哮《ほうこう》が入り混じって聞こえる。

護衛の兵士らも色めきだっているところから、客席の警備に当たっている人々もそうだろう。

怪物が空から来るとばかりは限らない。中に入り込んでいれば。背後。どうすれば——……。

「ど」と引きつった受付嬢の声。「どうしましょう……!!」

それは混乱に陥っての叫びではなく、何をすれば良いのかという意志のある叫びだった。

女神官は素早く頭の中で算段を巡らせた。可憐《かれん》な唇に息を吸って、吐く。

「手は、あります!」

まずは一声。後ろを振り返る余裕はなく、また一匹の怪物を弾いて、彼女は言った。

「ので、扉の方を! 押さえてください!!」

「わ、わかった……!!」

指示を出されて、はたと牛飼娘が正気に戻る。

貴賓席は席というより、ある種の箱《ボックス》だ。当然、入るためには扉もある。

早々に廊下《ろうか》に脱出して逃げるよりは、まだしも立てこもって助けを待った方が良いのか。

もちろんそこまでの思考が牛飼娘にあったわけではない。

ただ彼女は指示を出されて、もたもたとするような気質ではないというだけの事。

「えっと、椅子！　椅子、運んじゃおう！　そっち持って！」

「はい！　合わせて行きましょう――」

「――せぇの!!」

背後を見ている暇はないが、それでも牛飼娘が受付嬢と、防塁を築き始めた事はわかる。

王妹が奇跡を起こして壁を張り、侍女らが防衛に動き始め――立場的には、だ。

怪物の襲撃とあわせ現実離れした光景に遅れをとった兵士らも、やっと動き出す。

「遅れました！　後は我々が……！」

「すみません、ありがとうございます！」

訓練を受けていようがいまいが、有事に咄嗟に反射的に動くのは、やはり難しいものだ。

日常的に危地《きち》に身を置いている冒険者だとて、時には奇襲を受けるのだし。

「こっち、押さえたよ！」

「ありがとうございます！」

また一匹ガーゴイルを弾いて叩き落としながら、女神官は息を吐いた。

いつだか彼女も小鬼の襲撃に巻き込まれていたし、何ならその前にも牧場での戦いがある。

何より、女神官は牛飼娘がとても強い女性だという事を知っている。

だから、大丈夫。大丈夫のはずだ。その上で――……。

――手なんてありません……！

女神官は、必死になって思考を巡らせていた。汗が一筋、額《ひたい》から頬を伝って落ちていく。

「王妹殿下、危のうございます！　どうか、お下がりください!!」

「いえ――……！」

――いえ？

咄嗟に兵士の呼びかけに首を横に振った女神官だったが、はたと動作を止めた。

普段の癖で唇に手を当てそうになるが、錫杖をぐっと握りしめて堪える。

あの人なら、どうするだろうか。こんな時。ポケットの中には何がある？

――ああ、そっか。

手はない。あるわけない。この細く頼りない、必死に錫杖を握る両の手以外には、どこにも。

「――……………ッ」

女神官は、その小さな胸いっぱいに息を吸い込んで、さらに天上へと意識を昂ぶらせていく。

「《いと慈悲深き地母神よ、闇に迷える私どもに、聖なる光をお恵みください》!!」

「GGAAAAAAARRGG!?!!!?!?」

燦然《さんぜん》と、目も眩まんばかりの神々しき光が貴賓席を塗り潰し、闘技場へと溢《あふ》れ出した。

直近に迫ったガーゴイルの一匹が顔面を覆って悲鳴を上げ、のけぞりながら石塊に戻る。

落下し座席に激突、破片を撒き散らすが、それもある意味では願ったり叶ったりだ。

突如として混乱の中を貫いた一条の神々しき光に、誰も彼もが目を奪われた。

逃げ惑う中、あるいは無秩序な抵抗の中で、大勢の視線が貴賓席へと束ねられる。

あれは誰だ？　王女様？　祝禱を授かったとは聞いていたが……！

僅《わず》かなざわめき。それを一拍、飲み込んで。

「地母神の神官としてお頼み申し上げます！」

女神官は高らかに、そして堂々とした声を、はっきりと人々へと投げかけた。

「この場にいらっしゃる冒険者の方々、お力添えをお願いします‼」

たった一言だ。それだけに、効果は劇的なものであった。

てんでばらばらに怪物に向き合っていた冒険者らが、互いに顔を見合わせる。

単なる物見遊山《ものみゆさん》のつもりだった。降りかかる火の粉なら払うべきだ。その程度だった。

だが、違う。頼まれたのだ。王女から。一国の姫から。怪物退治を。

ならば。ならばこれは――……。

――冒険に、他ならない！

「おい、でかいのから叩くぞ！」

「前衛、こっちに来てくれ！　呪文使いを守るぞ！　神官もだ！」

「魔術あります！　奇跡も――交易神のですけど、ちょっとだけ！」

「《逆転》《リバース》があるならありがたい!!」

一党《パーティ》が、単独行の冒険者が、あるいは初対面の面々が、即座に声を掛け合え隊伍《たいご》を組む。

《聖光》を掲げながらその様子を見て取った女神官は、「よし！」と頬をほころばせた。

「他の方々は、落ち着いて、慌てずに避難を!!　兵士の方々は、それを助けてください！」

指示が投じられ、命令が下る。それは人々のよすがとなって、混乱からの脱出を支え、導く。

怪物どもの襲撃によって無秩序に陥りかけていた群衆は、瞬く間に体勢を立て直しつつある。

危険な状況ではあれど――けれど決して致命的ではない。

「お見事なものですねえ……」

心底感心したとばかり、ほうと息を漏らす受付嬢の横で、牛飼娘は目を丸くするばかり。

出てくる感想も、なんというか、そう、一言。

「……すっごい！」

「えへへ……」

ほんの少しだけ、女神官ははにかんだように微笑《ほほえ》んでから、緩んだ頬をきゅっと引き締めた。

「ゴブリンスレイヤーさんからも、皆さんからも……いっぱい、学ばせて頂いていますので！」

――そう、手が無いなら、あるところから借りれば良いのだ。

§

「わ……っ　わぁ……ッ⁉」

とはいえ、だ。

全員が全員、即座になにがしか、目立った活躍ができるというわけでもない。

その黒髪の少女は頭上をかすめる石鬼の大きな爪を、さっと身を屈め、転げるように避けた。

間一髪だ。帽子の方が良かったかしらん。一瞬考えてから、ぐいっと鉢金を押し上げる。

これにするって決めた以上、これが一番良い防具だ。これが一番なんだ。

ちょろちょろと観客席の隙間を動きながら、身の丈に合わない長剣を、一振り。

「えい……やッ！」

ぶん、ぶんと刃が空を切る。当然、空を舞う怪物には届こうはずもない。

大きく弧を描いて舞い上がった赤の化け物は、またぐうんと風を切って落っこちてくる。

「AAARREEMMEEERRRR！！！！」

「ひゃ、あ……ッ！」

始原の大渦の名を背負う少女は、その上空からの一撃を必死になって転げて避けた。

そしてまたちょろちょろと観客席の隙間を縫って、立ち位置を変えに走る。

何しろあの怪物の動きは、酷く不規則で、分かりづらいのだ。

だから少女は立ち止まって良く見て、動きを観察して、飛び掛かる瞬間に攻撃線をずらす。

動いて、待って、攻撃して、避けて。動いて、待って、攻撃して、避けて。

黒髪の少女は必死に懸命《けんめい》に、ただソレだけを意識して戦い続ける。

さしたる考えがあるわけではない。

ただ自分にできる精一杯はこれで、少女は精一杯頑張ろうと、そう決めただけだった。

「ヤッ！　……えいッ！　……う、わぁッ!?」

少なくとも自分が一体引き付ければ、それだけ他の人が助かる。

ただそれだけを、彼女は考えていた。実際、それは間違ってはいなかった。

圃人の剣士の刃が唸り、正道を尊ぶ朱槍が奔り、竜殺しを志す半竜の娘の咆哮が轟く。

世に知る者もおれば知られぬ者もいよう冒険者らが、四方よりこの闘技場に集っていた。

そうした他の冒険者の側へ赴《おもむ》く怪物のうち一匹は、この嵐の名をもつ娘に釘付けだ。

その観客席中で繰り広げられる乱戦の中において、微々たるといえど、人々に利する戦い。

活躍とは到底言えない、無様で滑稽、哀れで必死なものではあったけれど――……。

「こ、の……っ！」

かすり傷から血を滲ませながら戦う少女の瞳に、胸元の魔除けに、確かに灯火《スパーク》はあった。

これは彼女の冒険だ。で、あるならば――……。

「《マグナ《魔術》……ノドゥス《結束》……ファキオ《生成》》!!」

天上の指し手《プレイヤー》がその傍を離れようはずもない。

何処かより響き渡ったくくりの言葉が、ぎちりと怪物の翼を締め上げる。

少女が「わ」とも「え」ともつかぬ声を漏らして見上げた先に——二人の冒険者。

「止めたよ！　今ッ!!」

魔術師と思しき女性の声に続いて、少女は、色のついた風が吹いたと思えた。

びゅうと抜けた風はやはり女性の形をしていて、次の瞬間に轟《ごう》という耳を劈《つんざ》く音。

それが踏み込んだ足が床を踏み砕いた音であったと、気づくよりも早く。

「殺《シャア》ッ!!」

刃ほどにも鋭い凛とした声と同時、振り抜かれたしなやかな足が怪物の翼を打っていた。

ぱぁんと粉微塵に両翼が打ち砕かれた赤い鬼は、当然の帰結として地に落ちる。

半ば体を潰しながらも尚《なお》も藻掻《もが》く以上、未だ脅威である事に変わりはなく——……。

「あ、わ……ッ」少女は咄嗟《とっさ》に重たい剣を振り上げて「やあッ！」とそれを叩きつける。

分厚く重厚な、毎日丁寧に磨いた剣は、ばかんと見事な音を立てて怪物の頭を砕く。

そこまでしてもまだ少女は信じられず、ひぃ、はぁ、と情けなく息を漏らした。

手はぶるぶると震え、痺れたように固まっていて、額からはぽたぽたと汗が滴り落ちる。

それを彼女がごしごしと、腕で拭っていると。

「お見事です」

相方の魔術師にひらりと手を振って、礼装姿の女性が自分の目の前に立った事に気がついた。

「あの、えっと、その」

少女は、どきりとしてその女性を見上げた。

麗人《れいじん》という言葉が、はたと思い浮かぶ。聞いたことはあったけれど、意味はわからなかった。

男の人みたいな格好をしているけれど、それは似合っていて、間違いなく綺麗な女の人。

――すてきだな。

そう思いながらも、真《ま》っ先《さき》に言うべきことを、少女は決して忘れなかった。

「ありがとう……ございます！」

少女が大きくぺこりと頭を下げると、背中に負った鞄がぱたんぱたんと音を立てて弾んだ。

その滑稽な有様に少女はさっと頬を赤く染めたけれど、女性の対応は違った。

「案ずる事はありませんよ」

すっと片膝を突いて、ちっぽけでやせっぽちな自分と、目を合わせてくれたのだ。

その時初めて、少女はその女の人が、一つしか瞳がないことに気がついた。

鋭く研ぎ澄まされた瞳は、けれど――柔らかく微笑んでいて。

――探検競技の人みたいだ。

と、そう思った。

「生き延びて、一歩ずつ。前へ、前へ、進めば良いのです」

――うん、それなら。

「……得意、です」

「よろしい！」

と、にこやかに微笑んだ女性の、美しく澄んだ瞳が、じいっと少女の顔を写し取った。

年上の、綺麗な女性の容貌《ようぼう》が間近に迫れば、少女としてはドギマギするしかない。

――なれる、かなぁ。

こんな風に、綺麗で、素敵に。自分には、とても想像もつかない、けど。

「あ、あの……？」

「ああ、失敬《しっけい》」その女性は艶やかに微笑み、片目を隠す髪を払った。「知人に似ていたもので」

「ちじん……」

「ええ」

もっとも、彼はこの場にはいないだろう。おおかた――……。

「どこぞで小鬼退治でもしているのでしょうね、あの少年は」

もう、そんな歳《とし》でもないだろうけれど。

§

この場にあの男がいなくて良かったと、ふと思う。

「やはりあの王には任せておけない。このような事態を招くとは……！」

騎士がそう嘯《うそぶ》くのを無視して、少年魔術師は会場を睥睨《へいげい》し、腰の得物に手をかけていた。

観客席、貴賓席を怪物ども――ガーゴイルの大群が襲っている。

今まさにその一体を誰かが仕留めたのが視界の端で見えた。よくやるもんだ。

――いや、ありゃ赤黒だ。熾火の魔神か――……？

とすればなかなかのものだが、しかしそれどころではない。

少年魔術師の意識の大半は戦盆の上の少女と、その頭上のガーゴイルに向いていた。

ぐるぐると輪を描いて旋回するその様は、少年に禿鷲《はげわし》だか禿鷹《はげたか》だかを連想させる。

――つっても見たことはねえんだけど。

件の鳥は本当に死体の上で輪を描いて飛ぶのか。いずれ確かめてやろう。

いずれにせよ禿鷹が獲物を逃さぬように、ガーゴイルもまた同様であるらしい。

圃人の少女と騎士とが身動き取れずにいるのは、そのガーゴイルがいるからであった。

――なら、やる事は一つだ。

この場にあの男がいなくて良かったと、重ねて思う。

誰の影響で投げ物を扱うようになったかなんて、口が裂けたって言いたくはない。

少年魔術師が摑み取ったのは、一振りの飛棍《ブーメラン》だった。

魔術の地獄だ、禁断の魔力だ、異郷《いきょう》の呪術師だ、師匠からは散々にからかわれたが——……。

——知ったこっちゃあない！

少年は一歩、二歩と前に出て勢いをつけると、その速度を乗せて、思い切り得物を投じた。

「GARRRGG!!」

だがしかし、如何に只人が投擲《とうてき》に優れていようと、それは百発百中を意味しない。

ガーゴイルに感情があるかは知らないが、ひらりとかわした怪物は、嘲笑《ちょうしょう》めいた声で鳴く。

だが、笑っているのは——少年も同じだった。

「《投射《ヤクタ》》！」

刹那、少年魔術師の全身が淡く魔力の緑色に輝いたように見えた。

口から紡《つむ》いだ真に力ある言葉を向ける先は、飛棍ではなくそよぐ風。

風一つのまことの名をつかめずして、何が魔術師だといえよう。

その瞬間、空舞う飛棍の軌道が、あり得ない角度にねじ曲がる。

「GOYYYYYY！！？！！？」

風に摑まれた飛棍は少年の意のままに空を駆け、痛烈な威力で以《もっ》てその翼を打ち砕いた。

如何なる魔導によるものか石塊《いしくれ》を羽撃かせている、その翼が失われれば結果は一つ。

落ちて——死ぬ。

高所からの落下は石の塊を粉砕するには十分な威力と、衝撃をもたらしてくれる。

がしゃんと粉微塵に砕けて撒き散らされる残骸《ざんがい》の上を、飛棍が回り、少年の手へ収まる。

まさに呪文と飛棍を組み合わせた、少年魔術師の全く新しい戦術――念動飛棍。

初めて実戦で用いたその戦果を確かめるよりも前に、少年は喉も枯れよと声を張る。

「やれぇ！」という叫びが、闘技場に木霊した。「ぶっ飛ばせ‼」

その意味を――騎士は正しく理解できなかったに違いない。

怪物をやっつけろとか、そういう事だと思ったのだろう。

「無論だとも」と騎士は言った。「私に任せれば、何の問題も無い。最初から――……」

だがそんな戯言《たわごと》を、最後まで聞いてやる理由は誰にもなかった。

「あたしを見ろ《ウォッチ・ミー》ッ‼」

圃人の少女の大音声だった。

彼女はひしゃげた兜を投げ捨て、鋼板を胸元にぶら下げる肩帯を引きちぎって、叫んだ。

「まだ、終わってないッ‼　勝手に、終わった気になるなッ‼」

「――――？」

それは騎士にとっては理外《りがい》の言葉であったのだろう。

戸惑い、立ち尽くしたその兜の奥から、くぐもった声が漏れた。

「……何を、言って――――……？」

「あたしと、あたしたちと、あんたの勝負だ！　他は関係ない！　何もかも！」

囲人の少女は、そのちっぽけた体と腕を大きく広げ、声も高らかに叫ぶ。

「ここが、世界だ!!」

これがすべてだ。彼我《ひが》の決着をつける。勝つか、負けるか。それがすべてだ。

爛々と燃える瞳に射竦められ、騎士はじり、と。僅かに一歩、足を後退させる。

「試合を続けろ、と……？」

「そうだ！」

「だが……」

酷く困惑した、ふらふらと揺れ動く、半笑いの声。彼は折れた槍の柄を、掲げて見せた。

「槍がない」

「剣があるッ!!」

絶対に逃がすものか。言い訳の余地なんか与えてやるものか。

爺様からもらった剣を引き抜く。深き山の迷宮から持ち帰ったという、無銘《むめい》の業物《わざもの》。

天下無双、地上最強。なれるわけがない。目指す事はできる。誰にも笑わせたりはしない。

それを指さして笑った。私が挑戦するんじゃあない。お前が私に喧嘩《けんか》を売ったのだ。

だから。

「かかってこい!」

圃人《ロック・ユー》の少女は吠えた。

「――ぶっ飛ばしてやる!!」

§

――まったく、冒険者などというのは病気鼠にも等しい痴愚《ちぐ》どもだ。

彼の居城たる遺跡の通路へと逃げ込んだ敵へ迫りながら、吸血鬼は尚も余裕であった。

かの不死王、都を占拠した偉大なる夜の王の配下にとって、冒険者など塵芥《ちりあくた》にも等しい。

にもかかわらず、だ。

四方へ《死》を撒き散らした魔神王共々、彼の主君は討ち取られてしまった。

その不遜、許しがたい。

こそこそと盗みに入る追い剝ぎ共には、相応の懲罰というものが必要だ。

「さて、そろそろ出てきたまえよ」

腕組みをし、悠然と。吸血鬼は小鬼の死体をけしかけながら、賊徒《ぞくと》どもへ声をかける。

そこには傲慢な寛大さと、慈悲深さとは似て非なる哀れみとがにじみ出ていた。

「今下るというのであれば、何なら永劫《えいごう》の生を約束してやっても良いのだぞ？」

――もっとも、永劫の労働も伴うがな。

夜の眷属《けんぞく》にしてやろうなどとは、欠片《かけら》も思ってはいない。

連中には確か森人の娘もいた。あれが生娘ならば泣き女《バンシー》の類に転じぬとも限らぬ。

――であれば、永遠に血袋として愉《たの》しませてもらうとしようか。

叛逆《はんぎゃく》の芽を愛でる愚を犯すような倦怠《けんたい》は、この吸血鬼とは無縁のものであった。

そのような危険を求めずとも、永き生を満喫できるような楽しみは世に多数ある。

夜の眷属としての生に不満があるとすれば、世代交代がありえない、という点くらいか。

気の遠くなるような歳を経た長老どもを、物理的に排さねば立身出世はありえぬ。

故に権謀術数《けんぼうじゅつすう》を駆使した仮面劇《マスカレード》を演じねばならない、が――……。

――なに、それも一時のことよ。

彼の神の使徒と通じた今、連中を退けるだけの力を手に入れるのも時間の問題だ。

そして時間はいつだって平等に、吸血鬼らの味方となる――……。

「救援の類を期待しているのであれば、無駄だぞ、貴様ら」

だから吸血鬼は、連中の動きがない理由をそう察して、失笑すら浮かべてのけた。

「王都は今頃、酷い事になっていようさ。いくら待った所で――……」

「馬鹿を言え」

それは地の底を吹く風のように低く、無機質で、淡々とした声だった。

聞こえるはずがないにもかかわらず、吸血鬼の耳に届いたその呟き。

文字通り怪物じみた動体視力は、音よりも早く、通路から飛び出してくる獲物を捉えている。

「都には冒険者がいる」薄汚れた鎧姿の冒険者が、低く唸った。「俺よりも、遥かに上等な」

「《清き水と汚れた水、混ざり合って濁ったならば、見通せるものなどいやしない》!!」

同時、小太りの鉱人が腰に吊った酒壺《さかつぼ》の中身をぶちまけて、珍妙な詠唱を唱え上げた。

途端、ざあっと雫が渦を巻いて舞い上がり、白々とした霧が神殿の中へと立ち込めていく。

——馬鹿め！

しかし、吸血鬼の顔には赤々とした裂け目の如き嘲笑が浮かぶ。

大方《隠蔽《インビジブル》》か何かの術を使ったに違いない。

なるほど確かに、小鬼風情ならばこれで右往左往したやもしれぬ。だが——……。

——吸血鬼が何故夜を見通せるかを知らぬな……!!

そう、吸血鬼が見る世界は光に照らされたものではない。

吸血鬼は熱を見通す。命を見通す。その五感は霊的なもので、眼球に依るものではない。

たとえ魔的なものであれ、この程度でどうこうなると思われるのは屈辱だが——……。

——それもまた定命《モータル》の愚かしさというものか。

自身の勝利が見えた今、多少の悪あがきに怒り狂うは、あまりにも余裕がないというもの。

「小賢しいわ‼」

霧を貫き飛来する矢の尽くを直剣で切り払うと、吸血鬼はその勢いのまま前に踏み込んだ。

煌々《こうこう》と燃える灯火が、《隠蔽》の中を右に左、稲妻走って突貫してくるのがわかる。

先程何やかやと言い募ってきた小僧に相違あるまい。おそらくは頭目。まずはこれを殺す。

霧から飛び出してくる、見窄らしい鎧兜。吸血鬼の剣が振り上げられる。

一刀両断になぞしてやるものか。その頭蓋を果実の如く叩き潰し、踏み躙《にじ》ってくれよう。

「――死ぬが良いッ‼」

ばんと粉微塵に砕けて散ったのは――――白い骨であった。

「な…………ッ⁉」

眼球が泳ぐ。木っ端《こっぱ》と散った骨片を追いかけて、意にそぐわぬ動きを強いられる。

何が起きたのか、吸血鬼にはわからなかった。

一瞬前まで頭目――ゴブリンスレイヤーだのと呼ばれていた男がいた場所に、骨がある。

竜頭の骨。竜牙兵。それは良い。何処から？　入れ替わった？　いつの間に？

「魔法の鞄《ホールディングバッグ》だと⁉」

――否、そうではない……！

それは、男の抱えた小さな鞄だった。その口が開いている。竜牙兵は、そこから――……！

時間にして一秒も満たぬだろう硬直の後、吸血鬼は鬼のような形相で吠え猛った。

「一手凌《しの》いだからなんだと――――……ッ!!」

「一手で十分だ」

間近に迫る鉄兜。その庇の闇の奥。低い声。

「貴様、死体だそうだな？」

吸血鬼の顔面に鞄が叩き付けられたのは、その瞬間であった。

「な、ァ――――……!?」

牙を剝いて咆哮する事さえ許されず、ずるりと吸血鬼の全身が鞄の中に引きずり込まれる。

闇をも見通す夜の眷属の目を持ってしても見抜けぬ無明《むみょう》の暗黒。

音もなく、空気もない。藻掻いた所でそれが作用するものは何もない。

見る間に腕が、胴が、足が、鞄に食われるように、呑み込まれていく。

「であれば、しまえる」遥かな高み。鞄の口からの、処刑宣告。「物だから、な」

「――――こんな、間の抜けた《マンチキン》策で…………ッ!!」

呪われよ、呪われよ。呪詛《じゅそ》と怨嗟《えんさ》の叫びすら、魔法の鞄から溢れ出す事はない。

ほどなくして吸血鬼は果てなき虚空に放り出され――――……。

「ではな」

慈悲深いほどあっさりと、すべての光が失われた。

§

戦いの結末は、始まった時と同じように唐突で、あっさりとしたものだった。

吸血鬼が鞄に呑み込まれるや否や、主を同じ次元界から失った屍体《したい》は見る間に崩れ落ちる。

後に残るのは、塵芥、灰の山。そして冒険者たちの、生あるものの息遣い。

残心《ざんしん》――警戒は、解かれない。武器を、触媒を構えたまま、全員が周囲を窺《うかが》う。

何しろ吸血鬼を滅ぼしたわけではない。隠し玉があるかも。鞄を引き裂いて飛び出すやも。

そしてその痛いほどの静寂を破ったのは、あまりにも無造作な、短い一言だった。

「見事な働きだったな」

ゴブリンスレイヤーは鞄に肩紐を厳重に巻き付けて縛ると、足元の頭骨を拾い上げた。

義務を果たして散った竜牙兵である。この物言わぬ従僕には、今まで幾度助けられた事か。

――報いる方法など、あるのだろうか。

何に対しても。誰に対しても。彼には終《つい》ぞ、その答えが見いだせない。

できることと言えば、小鬼を殺す事くらいだというのに。

「……生き残った？　生き残ったわよね？」

そしてゴブリンスレイヤーが緊張の糸を断てば、妖精弓手があっさりとそれに続いた。

彼女は灰まみれの床にごろんと仰向けに転がって、はしたなく四肢を放り出す。

遊び疲れた子供のような笑みを浮かべれば、詩吟に歌われるほど優雅なのが森人の凄まじさ。

「あー、もう、つっかれた……！　結局大会もいいトコ見逃しちゃったなあ……！」

「これが森人の姫だっつーんだから信じられんわなぁ」

その底抜けに明るい言葉に、鉱人道士が呆れ半分感心半分、呵々《かか》と笑った。

そう、この森人の姫君は、都での大会が滞りなく行われていると信じて疑っていないのだ。

多少の冒険《トラブル》はあるかもしれない。だが冒険《トラブル》は稼業《ビジネス》だ。

冒険者がいる。自分たちの仲間――女神官だっている。何の問題も、あるわけがない。

――ってぇ考えてるあたり、わしも似たようなもんだが。

「ま、終わってくれっと助かるがの。術の類はからっけつだわ」

「拙僧もこれに同じ、と」

やれやれと、吸血鬼と真っ向殴り合い、術を使い切って消耗しきりの蜥蜴僧侶。

どっかと床に腰を下ろした彼もまた、放っておけばその場でとぐろを巻きそうな有様だ。

蜥蜴僧侶は手にした地母神の杖を弄びながら、その長首をゆるく傾げる。

「しかし彼奴《きゃつ》め、骨を見ると動きを止める理由は、わからずじまいでしたなあ」

「期待はしていなかった」とゴブリンスレイヤーが蜥蜴僧侶に骨を放った。「運が良かった」

「然り、然り」

「私の提案なんだから、そこは評価してよねー」

「無論だ」とゴブリンスレイヤーは、鉄兜を上下に動かした。「俺は思いつかなかった」

「それ、褒められてる気がしないのよね」

顔を顰めた妖精弓手だが、その長耳が揺れるあたり、上機嫌ではあるらしかった。

竜牙が足りないのであれば、竜牙兵として増やせばどうであろうか。

触媒の役に立たずとも、骨は骨だ。引っかかるやもしれぬ――……。

妖精弓手の思いつきに端を発した策は、けれど決して、本命ではない。

――魔法の鞄か。

縛り上げた鞄は、ぴくりとも動かない。中に生物はいないのだ。当然のこと。

竜牙兵を入れて保存し、敵前にてそれを解き放つ。

盾にして、砕けたそれに相手が気を取られれば良し。そうでなくとも、一手防げれば十分。

必要なのは、奴を魔法の鞄にしまうその一手番《アクション》だったのだから。

「オルクボルグも、これを教訓に少しは魔法の道具を持ち歩いたら良いのよ」

「小鬼退治には過ぎた代物だ」

うぇー。むべもない一言に、妖精弓手はわざとらしく舌を出し、苦虫を噛み潰した顔をする。

だがまあ、こいつがこういう男なのは今に始まった事じゃあない。

――爆発、火責め、水攻めなしで吸血鬼をやっつけた？　なら――……。

まあ、オルクボルグにしては、上出来なんじゃあないだろうか。

「しかしよ、かみきり丸」

不意に鉱人道士が、残り少ない火酒をちびりちびりと舐めながら、問を発した。

「鞄に奴がしまえんかったり、しまえても出てきたらどうするつもりだったんか？」

「別段、さして特別な事は考えていない」

ゴブリンスレイヤーの答えは簡潔だった。

「残りの火の秘薬を鞄からぶちまけて、吹き飛ばすつもりだった」

妖精弓手は、無言のまま天を振り仰いだ。

§

その後――吸血鬼がどうなったのかについては、さして語るまでもないだろう。

鞄から日光の下に放り出されたか、あるいは鞄の中に松明を突っ込まれ、吹き飛ばされたか。

もしくはその両方であったにせよ、果たして自分が如何にして灰燼《かいじん》と帰《き》したのか――……。

吸血鬼には終ぞ、わからずじまいだったに違いない。

§

「キィイイヤアアァアアアァアァアアアァッ‼」

「ぬ、お……⁉」

猿《ましら》の如き雄叫びと共に繰り出された一撃は、稲妻もかくやという重さであった。

当然それの受け手に回った騎士が、何事か口を開く余裕などありはしない。

否、もとより彼奴に余裕など与えるつもりは、圃人の少女には一切無かった。

闘技場に響き渡るは他のどの怪物をも上回る怪鳥音。

飛びかかり――そう、跳躍するが如し踏み込みで繰り出される一撃は、目にも留まらぬ。

そしてそれが一呼吸の間に、十、二十、三十と重なるのだ。

「このような……！　乱心まがいの――ただ棒を振るだけのが――剣術なわけが――……‼」

咄嗟に剣を振りかざせただけ、騎士の動きは褒められたものであったろう。

たとえその剣が受けることも敵《かな》わずガンと弾かれていても、峰が頭蓋に埋まらなかったのだ。

「イイィイイィイヤヤアァアアアァアアアァッ‼」

――まともじゃあない……⁉

鉄兜の下で、騎士の顔から血の気が失せて、頬が引きつっていた。

押し寄せてくる対手――見下ろすほどに小さな圃人の少女の体軀が、とてもそうは思えない。

自分の倍の巨人を相手しているか如し心持ちで、騎士の足が二歩、三歩と後ずさる。

――だが、前進してくるだけだ！　それならば！

「う、わあッ!!」

ぶんと大ぶりに振り下ろされた刃の先に、しかし圃人の少女の姿はない。

ざ、と。圃人の裸足《はだし》が砂を擦っていた。摺足《すりあし》で身を後ろに送る速さもまた、尋常でない。

頑強な圃人の足裏があればこそ、この恐るべき剣法の技の冴えが光るのだ。

少女に剣の手ほどきをした老爺《ろうや》は、言葉少なにそう語っていた。

圃人の老爺は冒険者であった。深き山の下の大迷宮に挑み、足裏を貫かれた。

それが罠によるものか、怪物によるものかを、少女は知らぬ。

だがそれによって、爺様の剣の道が絶たれた事だけを、知っていた。

――これはよ、強ぇ剣じゃねえ。速ぇ剣だ。

朝な夕な、ひたすらに木を打つべしと、それだけを指示した爺様はそう言っていたものだ。

――速ぇ剣には、気合の入った剣がなきゃいけねえ。気合のねぇ剣は、ただの刃物よ。

息が切れ、気を失うまで声を上げ、木を撃つ。ひたすらに撃つ。型を崩さず、数を重ねる。

――だが気合の入った剣にゃ、心が入っちゃならねえ。剣に心はねえのだから。

いつでもどこでもどんな場所でも稽古できる工夫なのだという。

周囲に馬鹿にされ、笑われ、できるわけがないと言われても。

――心は剣を振るうちに、稲妻の如く、自ずから顕れるもんだからな。

爺様は死んだ。流行り病で、ぽっくりと。信じられないくらいあっさりと。

そして周囲は言った。これでもうあの娘も馬鹿なことをやめて、嫁に行ってくれるだろう。

自分の意志など何も聞かず、全てを思い通りに仕立て上げようとする動き。

気持ちが悪かった。知った事かと思った。だから今、此処にいる。此処まで来た。

「キイィエアァアァアァアァ……ッ!!」

「く、ぅッ!?　一体、何のつもり――こんな、馬鹿げた剣術が――……！」

知らない。聞いていない。もはや少女は何一つとして考えていなかった。

頭にあるのは一つか、二つ。

剣を振る。前に出る。剣を振る。前に出る。剣を振る。前に出る。

打つべしと、心の中で誰かが叫んでいた。誰からも指差され笑われていた少女だった。

打つべし。小さなその女の子のために。

打つべし。爺様のために。

打つべし。何考えてんだかわかんない、偏屈なおっしょさんのために。

打つべし。牧場のお姉さんのために。あの良き辺境の街の人々のために。友人たちのために。

打つべし。此処まで連れてきてくれた、彼のために。

「キイイイェエエェエェエェエェエッ!!」

「ッ……!?　この……ッ!?　なんて――なんで……ッ!?」

彼女の剣には、神気《フレア》が満ち満ちていた。

四方世界を巡る人の思いが、意志が、絆《パス》を通して息吹のように宿っていた。

それは混沌とした四方世界の在り方を是とするものだ。

己の思うがままに世界を塗り潰さんとする者には、決してわからぬ輝きだ。

だからこそ――そう、だからこそ、闘技場の何処かで、太陽の爆発が起きたその時。

「う、ぁッ⁉」

「ヤアァアアァァアァアァァアアァアァアァァッ!!!!」

騎士はその光に目を焼かれて仰け反り、少女はその輝きを背に地を蹴って跳んでいた。

それは一呼吸の八分の一。その十分の一。さらにその十分の一。十分の一の、十分の一。

正しく稲妻そのものとなって、白刃が戦盆の上を駆け抜けた。

「――――――――ッ!?!?!?」

騎士の悲鳴は、言葉にもならない。

振りかざした受け手の剣がへし折れたのは、まさに幸運の賜であったろう。

刃は真っ向から甲冑に覆われた肩にぶち当たり、装甲の上から骨を打ち砕いていた。

だらんと騎士の左腕が垂れ下がり、たまらず彼は大地に倒れ、のたうつように転げ回る。

「あ、ア――……ッ⁉　い、たい……ッ⁉　痛い――――……ッ!?!?」

事此処に至って、勝敗は決した。

圃人の少女は振り下ろした剣を横に抜くと、ぶるぶると腕を震わせながら、鞘《さや》に納める。

どうにか、だった。

全身は鉛のように重く、汗は滝のように滴り、足元には水たまりができるように思えた。膝《ひざ》から崩れ落ちそうになるのを必死に踏ん張る。息を吸うと、胸が上下した。

気を失いそう。耳がきぃんと高く鳴り、音が聞こえない。聞こえない？　いや――……。


「――――――――――――‼」


それは、少女の名前だった。

観客席は、ひどい有様だ。怪物の死体も、血も散らばり、座席は砕け、壊れていた。

だがしかし、それでも――それでも尚、人々が声を上げていた。名を呼んでいた。

戦いを終えた冒険者たちが、兵士たちが、戻ってきた観客たちが。

少女の名前を呼んでいたのだ。


「――――――……」


始め、少女はただ呆然と立ち尽くすばかりだった。

信じられなかった。こんな事があるだろうか。夢にだって見たことがない。ありえない。

ぼんやりと滲んだ瞳で周囲を見回し、やがて酷くおぼつかない足取りで、歩き出す。

一歩目はふらついて、二歩目で躓いて、だけど三歩目は倒れるように駆けはじめ。

向かう先は、言うまでもない。

小さな体はそのまま、倒れ込むように——赤毛の少年へと、抱きついた。

「あたしたちの勝ちだよ——我が友《ウィーアーザチャンピオン》!」

「う、お、わああ……ッ⁉」

勢いを受け止めきれずよろけた少年は、そのまま戦盆に倒れ込んだ。

少女の温もり、柔らかさ、香り。高揚。興奮。喜び。羞恥。何もかもないまぜの感情。

泣いているのは自分だろうか、彼女だろうか。それもさっぱりわからない。

顔をぐしゃぐしゃにして抱き合いながら、少年はそれでも憎まれ口を叩いた。

「この……ばっかやろう、何がチャンピオンだよ⁉」

「だってぇ……ッ‼」

ぐすぐす泣いて、涙をぼろぼろ零《こぼ》して、鼻水だって出ていて、みっともなくて。

だけれど——綺麗だなと、ふと思ってしまった気持ちをごまかすために。

「まだ決勝じゃねえだろ……ッ!」

少年はそう叫んで、ありったけの気持ちを込めて、少女の髪をぐしゃぐしゃに撫《な》で回した。

わあきゃあと悲鳴が上がり、それはすぐに笑い声になって、闘技場に響き渡る。

しかるに——この章を締めるにあたっては、ある英雄譚の一文を引用する事としよう。

その日、闘技場にはいつまでも、圃人の剣豪を讃える声が木霊《こだま》したという事だ——……。

間章
「読後焼却《ユア・アイズ・オンリー》すべし」

Goblin Slayer
He does not let anyone roll the dice.

──冒険者などというのはクズ《トラッシュ》だ。

闘技場を揺るがす大歓声に背を向けて、一人、男は闘士たちの地下通路を進んでいた。

いつのまにやら従僕はいなくなり、馬もなく、彼は甲冑を脱ぐ事すらままならない。

砕かれた肩は鈍く、熱く、呼吸に合わせて破裂するように痛み、左腕は垂れ下がったまま。

誰がどう見ても完膚《かんぷ》なきまでに、それは敗者の姿だった。だが──……。

──あのような無作法な輩の跳梁跋扈《ちょうりょうばっこ》を許すなんて、いったい王は何を考えているのか。

その男の脳裏《のうり》にあるのは、誇り高き敗者たる尊敬の念ではなく、侮蔑《ぶべつ》と憎悪。

否、そもそもだ。

武芸だけを競い合うなどというのは野蛮《やばん》の極み。弱き者への差別に他ならぬ。

このような野蛮が諸国に知られればどうなることか。男は想像するだけで、身を震わせた。

他国はより文化的で開明だ。この国の劣った様を、放っておくわけにはいかない。

聞けば東方の草原にも、砂漠《さばく》の国にも、北方の凍土にも、冒険者はいないという。

我が国も、そのような進歩的な国体を築かねばなるまい。

全ては、ただただそのためであった。

——だというのに。

大会はこのような放蕩《ほうとう》と退廃の極みとも言うべき様相を呈《てい》して、開催された。

より良き未来のための礎になると思われた王妹は、あの無知蒙昧《むちもうまい》ぶりを改める事もなく。

そして混沌の勢力に対して武器を用いて闘争を挑むという、平和とかけ離れた行い。

この体たらくでは、とてもとても、より良き、より強き世界など作れはしまい。

——やはり、私の意志を貧しく愚かな人々に知らしめねば……。

民衆は思慮《しりょ》が足りないが故に、すぐ騙されてしまう。真実と正義を伝える事は、困難だ。

世界の裏には数々の陰謀と謀略が渦巻き、それを知った自分こそが正さねばならない。

何にせよ、とにかくにもあの王を排する必要が————……。

「————……？」

その時やっと、男は異常に気がついた。

——静かだ。

通路には、誰もいない。彼一人きり。ぽつんと、立ち尽くしている自分。

ありえないのだ、こんな事は。

大会の最中——怪物の襲撃があったにせよ、あったからこそ、兵士か、誰かがいなければ。

そもそもだ。魔穴から溢《あふ》れ出した怪物は、この通路からとて入り込んでいるべきだろう。

なのに、これでは――――……。

「その様子では、潔く負けを認めた、というわけではないらしいな」

「…………ッ⁉」

声をかけられて初めて――男は、その者の存在を認識した。

行く手を阻むようにゆらりと立つ――それは一人の騎士であった。

傍《かたわ》らには、銀髪の侍女が影のように寄り添っている。

男は、足を止めた。声が一瞬ひきつる。構わず、言葉を叩き付けた。

「なんだ、貴様。ここは関係者以外立ち入り禁止だぞ……！」

年若い娘を誇示するように引き連れていることへの忌避感が、思わず滲《にじ》み出た。

「それにいやしくも騎士ならば、淑女を戦場《いくさば》に連れ回すなど、恥を知るべきだ」

「おいおい、仮にも運営に携わる者なら、選手の仔細《しさい》は把握しておくべきだろうに」

「なに――……？」

「関係者だと、そう言っているんだ」騎士は、笑ったようだった。「選手だよ、私は」

銀髪の侍女からの刺殺するような視線に気づかぬまま、男はその騎士の出《い》で立《た》ちを見た。

そして、思い至る。

諸事情から家名を出さず、大会に参加している騎士が幾人かいた事を。

交易神の聖印を纏《まと》った少女らに並んで――そう、確かにこの騎士も、いた。

おお、見るが良い、その煌《きら》めく物の具を。

闇の中でも白く眩く輝くは鎧、盾、兜、篭手、そして腰に帯びたる剣一振り。

癒《い》やしの加護、破邪の光、不凍の守り、原初の炎、渦巻く風。

目を瞠《みは》るほどの魔法の武具に彩られた、その男の名こそは。

「金剛石の騎士《ナイト・オブ・ダイヤモンド》……！」

それはある種の伝説、巷《ちまた》で噂される、ささやかな伝説、お伽噺《とぎばなし》のはずだ。

ここ数年、急速に市井《しせい》の人々の間で囁《ささや》かれるようになった、ただの幻想。

素顔を隠し、闇の中で悪を討つ、都市の騎士《ストリート・ナイト》。

しかし、その金剛石の騎士は今、男の目前に立っていた。

――ふざけた名前だ……！

何が、金剛石だ。自らを金剛石などとは、おこがましいにもほどがある。

第一、悪徳商人だ貴族だ邪教徒だを片っ端から斬り殺すとしたら、殺人鬼ではないか。

国王がこれを野放しにしている事こそが、奴の無能の証拠ではあるまいか！

「……辻斬りめ。そうやった居丈高に人を裁いて、正義のつもりか。私は認めないぞ」

「私が悪だというならばそれもまた良いが、であれば私を参加させる前に言うべきだったな」

だが男の指摘に対して、金剛石の騎士から返ってきたのは、むべもない失笑であった。

「だが、問題は卿《けい》の事だ」

「なに――……？」

よもや私を斬るつもりか。男の顔色が変わった。緊張ではない。嘲笑《ちょうしょう》にだ。

であればそれこそが、金剛石の騎士が悪漢である、その証拠ではないか。

自分の行いには何一つ恥じるところはない。

男は、金剛石の騎士の立ち居振る舞いを咎《とが》めるべく、口を開き――……。

「卿の立ち居振る舞いについて、仔細を水の街に送ってな。大司教殿の判断を仰いだ」

一枚の書状によって、その舌を封じられた。

「えらい苦労をしたらしい。不都合な者が多くいたようでな。如何《いかが》なものか、と妨害《ケチ》がついた」

金剛石の騎士が持つ、一枚の書状。

それがこの場に至るまでにどのような経緯を経たのかを、男は知らない。

書状を運ぶ間に、幾人が死に、どのような冒険が繰り広げられたのか――……。

任務を果たした密偵が果たして何者であるかなどというのは、論ずる意味もないだろう。

幾度顔が変わろうが、何度死のうと、同じ酒を愛し同じ武器を使う、不可能を可能とする男。

あの伊達者が任務を失敗した試しはない。その成果は確かに、此処《ここ》にあった。

だが、そのような暗闘、権謀術数の類《たぐい》などこの場の男には無縁だった。

そんなものに手を染めるのは、後ろ暗いところのある、邪悪な者ばかりなのだから。

「一切、教義にも神殿の意向にも寄らない、卿一人の独断である、との返答を頂いた」

「あのような女性の言葉を信じるというのか。小鬼に襲われて心が傷ついた、哀《あわ》れな人だぞ！」

またしてもだ。またしても金剛石の騎士は、女性を盾にしようとしている。

まったく見下げ果てた奴だ。騎士の風上にも置けぬ。男の舌は、機敏に蠢《うごめ》いた。

「まともな判断ができないのを良い事に祭り上げている、法の神殿の連中の、傀儡《かいらい》ではないか」

「他人の疵《きず》をあげつらうのが、さぞや楽しいと見える」

「そのような事は言っていない！」

切り返されたその一言に、男は自分の頭に血が昇る音を聞いた気がした。

彼は左肩の痛みさえも忘れて身を乗り出し、唾を飛ばして喚《わめ》くように、声を挙げる。

「私はただ、武勲《ぶくん》を挙げたなら英雄という、旧態然とした考えに囚われてはいけないと――」

「無論、あらゆる神々の教えは常に更新されるべきだが、卿一人で決めるものではなかろう」

そもそも至高神の正義は、悪を排する事ではない。善悪とは何かを、求め続ける事だと聞く。

「なあ、一つ教えてくれ」

にもかかわらず、悪を滅ぼす事を以て正義となすのであるならば――……。

「いったい何処の神の啓示を受けたんだ？」

ざ、と。息苦しい通路に、何処からか風が吹き込んだ。

それは刃のような冷たさを伴って騎士と侍女、男の間を抜けて、何処かへと流れていく。

後にはただ、苦々しい、灰の味だけが――僅かに、漂っていた。

「な――――……」

――なんなんだ、この騎士は……さっきから！

男は、自分の右手が腰の剣に伸びているのにも気づかぬまま、目に憎悪を爛々《らんらん》と燃やした。

何が金剛石の騎士だ。黄金拍車を授かっているとも思えない、不逞《ふてい》の輩が。

おおかたその装備も、どこぞの戦場で追い剝ぎしてきたものに相違あるまい。

「私の行いに文句をつけられる言われはない！　それを――いったい、何様のつもりだッ!!」

「何様ときたか」騎士は――金剛石の騎士は、笑ったようだった。「奇遇だな、同感だよ」

「……何……？」

「卿の言葉はその時その時、都合よく振りかざす刃のようなもの。道理など、ありはしない」

やれやれと。金剛石の騎士の言葉を聞いて、呆れたように首を振ったのは、侍女だ。

彼女は氷のように冷たい瞳で男を見ながら、わかっててそれに付き合うんだから、と呟《つぶや》く。

その表情、その仕草に、覚えがあった。

頭の中で情報が都合よく嚙み合い、音を立ててつながっていく。

「そうか、貴様、王の走狗《そうく》だな！」

あれは、王の侍女だ。

王と金剛石の騎士が結託《けったく》している何よりの証拠ではないか。男の顔に会心の笑みが浮かんだ。

なんという愚かなことだ。王を引きずり下ろすには、十分すぎる。千載一遇の好機。

柄を握る手に力がこもる。まだ抜けない。相手を叩き切る、大義名分が必要だった。

だが、それは確実にあるはずなのだ。なぜなら彼奴は此方を馬鹿にした。

私が憎む相手、嫌う相手が、悪でないはずがないのだから。

「私を貶《おとし》めようとしても、無駄だ！　必ずや貴様らの不正を暴いて、裁いてくれる……！」

返答は、なかった。

かわりに金剛石の騎士は、その鉄兜《てつかぶと》の面頬《めんぼお》をほんの少しだけ持ち上げて、言った。

「余の顔、見忘れたか」

「————————ッ！？！？」

次の瞬間、男は金剛石の騎士へと飛びかかっていた。

口からは意味不明の雄叫びが漏れて、右手は剣を握りしめ、大きく振りかぶっていた。

その剣が半ばから既に折れ飛んでいることも、意識にはなかった。

目を爛々《らんらん》と輝かせ、牙を剝き出し、相手を叩き潰す事を悦《よろこ》ぶその顔は、人のそれではない。

そこにいたのは、もはや人ではなかった。外なる神の囁きを受けた、一匹の穢者《けもの》に過ぎなかった。

「け、きゃあぁあっ!!」

「一つ言っておくが、卿が散々に反対した事が理由ではないぞ」

そして、当然の帰結として。

「妹に手を出したからだ」

そのようなものは金剛石の騎士の敵ではなかった。

真空の刃を纏《まと》った宝剣は無造作に穢者の首を薙《な》ぎ払い、致命の一撃を見舞っていた。

男の視界はぐるんと虚空《こくう》を一回転し、一、二度地面に弾み——それでぷつりと、途絶える。

魂魄《こんぱく》たるを失って尚《なお》地面で蠢くその体に、銀髪の侍女が迅速に短剣を振り下ろす。

このような者に、名誉ある死を賜らせる必要もないのだから。


「……で」


一度、二度。短剣で心臓を的確に刳《えぐ》り、潰すと、彼女は立ち上がって言った。

侍女服には血の雫は一滴たりとてついておらず、瀟洒《しょうしゃ》で清楚《せいそ》な、完璧な従者の姿のままだ。

「試合で怪我して、その予後が思わしくなくて死んだって辺り？」

「それではあの少女の勝利に泥を塗る事になるだろう」

「じゃあどうするのさ？」

「なんだ、知らんのか」

金剛石の騎士は宝剣に血振りをくれると、威風堂々たる仕草で鞘へと納める。

この王都で不死王と対峙した時からまるで変わらない——ずいぶんと時間も経ったのに。

「彼は前より胃の腑《ふ》を患っていたとかで、この大会を最後に蟄居《ちっきょ》し、家督《かとく》を親類に譲るそうだ」

「じゃ、それで」

銀髪の侍女としては問題が起きなければ、さしてそれ以上の興味はなかった。

苦労するのは赤毛の枢機卿であって、自分ではないのだし。

――ソレに。

邪教と手を結び、大会運営を妨害し、王都に恐怖主義《テロル》を巻き起こそうとした。

おまけにその手段として――王族だから、ではない！――あの娘を呪おうとした男だ。

こんな男に対してかける慈悲は少女には一片たりともなかった。

――けど、仕方ないよね。

まつりごとは七面倒臭いが、相応の線引というものがあるのだ。あるからこそ、成り立つ。

好き嫌いだとか、気に入らないからとかで、誰も彼も皆殺しにしてまわっていたら――……。

――こいつの同類だもの。

「……まったく、冒険者してる方が楽かもね」

そうぼやくと、金剛石の騎士の無骨な篭手の重みが、銀髪の上に感じられた。

ぐしゃぐしゃと髪をかき混ぜられては敵《かな》わないし、そんなことでごまかされたりもしない。

常にも増してむすっとした顔をして、侍女は唇を尖らせた。

「……私はこいつの始末をつけるから、離れるけど」

けれど頭の上の手には、自分の手を重ね、振り払いはしないままに、彼女は言った。

「本気は出さないでよ」

「何故かな」

「魔穴から溢れ出た魔神どもを」

もはや屍《しかばね》さえ霊素に溶けて消え失せた、何の変哲《へんてつ》もない通路を彼女は見た。

「一網打尽に叩き斬って、それでもまだ欲求不満？」

「しかしこんな機会はまたとないぞ」

だっていうのにこの騎士様はこれなのだ。

からりと笑って、平然と、竜の巣穴に行きたがる時のように言う。

「なにしろ相手は交易神の恩寵《おんちょう》厚い、緑の衣に鉄の槍の少女ではあるまいか」

「聖剣を携えた勇者だったりしないの？」

「まさかそんな」

銀髪の侍女の嫌味にもどこ吹く風。これだから苦労もするというわけだ。

「やれやれ……」

諦めたように緩い笑みを浮かべる侍女の髪を軽く指先で梳いて、金剛石の騎士は歩きだす。

闘技場の混乱は収まった。となれば直《じき》に大会は再開されるし、されねばならない。

もしもこれで自粛《じしゅく》などしてしまっては、それこそ相手の思うつぼではあるまいか。

すべてを焼き尽くさんとする死灰の神、邪神の類に屈してやる道理はない。

かの邪教は大義を掲げて火を放つが、焼きたいがために大義を掲げているだけなのだから。

――真に平らかな世は、あまねく人々が心から楽しみ笑う世でなければな。

立ち去る間際《まぎわ》、一度だけ、彼は倒れ伏し、命亡き肉塊となった男の成れの果てを見やった。

――願わくば、この哀れな男の魂が、望み通り平等に裁かれんことを。

……と思う、金剛石の騎士なのであった。

終章 「素晴らしき哉、人生！」

Goblin Slayer
He does not let anyone roll the dice.

「いと慈悲深き地母神よ……」

「その御手にて」

「「どうぞこの地をお清めください」」

囁《ささや》き、祈り、詠唱。祝禱《しゅくとう》を希《こいねが》う儀式は、二人の神官によって滞りなく行われた。

奈落の奥底へと通じるとされる、地を穿つ魔、魔穴。

石室の床には、赤黒く燃える炎の輪と、果てを見通せぬ暗黒が、世界を切り抜いている。

王城の中枢にこのような場所があることも、それを封じるお役目を担うことも。

——想像もしていなかった、ですけれど……！

淡い、穏やかで優しい燐光《りんこう》が周囲を舞う。

中心にあるのは地母神の祝福を与えられた聖なる杖。

そしてそれを挟むように立つ、瓜二つの、けれどまったく異なる二人の少女だ。

無論、似ているわけがない。そして、似ているのも当然。

片方は辺境の孤児院で育ち、冒険者を志し、一歩ずつ着実に前へ前へと進んできた娘。

片方は王の妹として育ち、大いなる挫折を経て、確かに立ち直って歩んでいる娘。

各々《おのおの》の意志も、資質も、立場も、経験も、何もかもが違うのだ。

だが対立したこともある。助けたこともある。助けられたことも。

そして今、互いに手を取り合って、一つの儀式に挑んでいる。何もかも違うままに。

それを――四方世界《しほうせかい》の神々は是とする。地母神は尊び、二人の娘の願いを聞き届けた。

力強くも穏やかで暖かな光が、まるで掌《てのひら》で包み込むように部屋を覆い隠す。

何もかもを塗り潰した白い光が、溶けるように消え去れば――……。

「ふぅ……」

そこにはただ、もはや禍々しさの消え失せた、ただの大穴が残るばかりとなっていた。

「お疲れ様でした。これでおしまい……ですよね？」

「うん、ありがとうっ！」

ほっと小さな胸を撫《な》で下ろす女神官へ、王妹は元気よく飛びつき、抱きついた。

しっかり鍛えられつつあるとはいえ華奢《きゃしゃ》な体躯《たいく》がよろめき、「きゃあ」などと悲鳴があがる。

如何《いか》なる理由によるものか、王妹を苛んでいた呪いは、聖杖の到着より前に消え失せていた。

一晩で元気を取り戻した彼女は、真っ先に大会の熱狂を見れなかった事を大いに嘆いた。

女神官はといえば、別に自分や仲間たちの奮闘が無駄になったとも思わず――……。

――良かった。

と、素直に喜んだものだったが。

「でも、よろしかったのでしょうか」

自分と同年にもかかわらず、ふくよかに息づく肢体《したい》を抱きとめながら、女神官は小首を傾げる。

「なにが？」なんて間近から見上げられるとどきりとしてしまうのも、何故なのやら。

自分とよく似た顔なのに、浮かぶ表情はまったく違うのだ。不思議と、頬《ほお》が緩んだ。

「わたしがこんな重要な御役目《おやくめ》を担《にな》ってしまった事……その、二つも」

「あなた以外にはできないのだから、そこで気にされても困るんだけどなあ……」

「それはまあ、そうかもですけれど……」

地母神の神官として祭祀《さいし》を執《と》り行うのはまだしも、王女様の影武者、だなんて。

――『王子とこじき』みたいですね。

あるいはお姫様と入れ替わってしまった巾着切の少女の話だとか。

世の中その手の冒険譚は数多くあるものの、まさか自分がその一翼を担う事になるとは。

「あーあ、良いなあ。私ったら、ずーっと寝てるだけだったもの」

「でも、ご無事で何よりですよ。呪いだなんて、伺ったときはびっくりしました」

「生贄《いけにえ》だって！」と、王妹殿下はくすくすと愉快《ゆかい》そうに笑う。「これで二度目よ、二度目！」

それこそ呪われてるんじゃないかしらん。冗談にもならない言葉に、女神官も思わず笑う。

「それを言いましたら、わたしなんて何度小鬼退治に行ったか、わかりませんよ？」

「あー…………」

王妹がなんとも形容し難《がた》い、趣有る表情を浮かべたのに、女神官は小首を傾げる。

「ホントに大丈夫？」

などと問うた後、王妹は慌てた様子で、付け加えた。

「もちろん感謝はしてるよ？　今回も前回も。けどほら、それとこれとは別問題というか」

「ああ……」と女神官、頷いて。「大丈夫ですよ」

「ホント？」

はい、と。その小さな胸を、控えめに、けれどちょっと自信を込めて、誇らしく反らす。

「ゴブリン退治も、これで結構、慣れてきましたので！」

王妹は無言のままに顔を覆うと、地母神に祈るように天を振り仰いだ。

その仕草があまりにも友人そっくりだったので、女神官は、くすくすと声を上げて笑った。

§

そうして儀式の後片付けを済ませ、地母神の杖を王妹に返却し、女神官は魔穴を後にした。

国家の重要機密であるからには、ばたんと扉を閉じた先で、待っている仲間の姿はない。

王城の廊下《ろうか》は、これまでに見たこともないほどに美しく、豪奢《ごうしゃ》なものだった。

毛足の長い絨毯《じゅうたん》は足が沈むほどで、壁や窓辺には彫刻彫金が施《ほどこ》され、実に美しい。

さらには四大の結晶を携えた光の戦士や、竜の探究に赴《おもむ》く一族三代の絵織物《タペストリ》が壁を彩る。

氷のように透けた窓から差す日差しは暖かく、心地よく、金色に煌《きら》めいて、けれど――……。

――どうして、こんなに広いのでしょう？

どうにも、落ち着かないのである。

大きさで言えば神殿や寺院の方が、城の廊下よりはよほど大きいようにも思うのに。

――皆さんの冒険話、まだ聞けていないのですよね。

仲間のみんなと別々の冒険をする事も珍しくはないが、気にならないわけもない。

自分だって頑張ったのだということも、みんなにいっぱい伝えたくてしかたない。

今頃はもう帰り支度をしているはずだから、城の門あたりにいる頃だろうか？

気が急《せ》いた女神官は、半ば小走りになりつつ、伽藍《がらん》と広い宮廷の廊下を歩んでいく。

はしたないと見咎《みとが》められそうだが、そこはそれ、お城の中を走るのだって――……。

――冒険、ですよね？

「……ふふっ」

脳裏《のうり》によぎったそんな言い訳がなんだか嬉しくて、女神官の足取りは自然と軽くなる。

ぶつからないように、転げないように。フィート棒を振るうが如し、だ。

曲がり角を行く時は、偶発的遭遇《ランダムエンカウント》に気をつけて――……。

「ああ、そこにいたか」

「ひゃ……ッ⁉」

思わず、女神官は悲鳴を上げて、それから大慌てで居住まいを正し、帽子を脱いだ。

曲がり角を抜けた先には、若獅子を思わせる美丈夫《びじょうふ》の姿。

――まさかこんなところで国王陛下にお会いするだなんて――……！

無論、出会うからこその偶発的遭遇だ。広野で竜に出くわす事もあるのだから。

「え、えと、その、すみません。大変な失礼を――……！」

「いや、良い」

国王は愉快げに手を振って、女神官の謝罪を受け入れた。

「大変なといえば、苦労や面倒をかけているのは私の方だからな」

「いえ、そんな……」

「いずれ改めて、礼と……報酬の方を、西方辺境まで届けさせよう。大義であった」

女神官はどうにか「きょ、恐縮です……」と、絞り出すように呟《つぶや》く事ができた。

「うむ」と頷いた国王は、しばしじっと、女神官の顔へ視線を向けてくる。

「………？」

女神官としては、どうにも生きた心地がせず、まるで石化の呪いでも受けた気分。

かちこちと体は固まりそうで、それでも居心地悪くて身じろぎをせざるを得ない。

けれどそれは緊張しているがためで――不思議と、不快ではないのだった。

やや、あって。

国王は一度目を瞑《つむ》ると、深く息を吐き、そっと静かに女神官へと問いかけた。

「冒険は楽しいかね？」

「はい」

一瞬の躊躇《ちゅうちょ》もなく、女神官は頷いた。その顔に浮かぶのは、はにかんだような、微笑《ほほえ》み。

何と言っても、それなら自分が自信を持って答える事ができる内容だったからだ。

「大変な事も、面倒くさいことも、辛いことも、いっぱいありますけど……」

「そうか」

それでも冒険は楽しいのだという女神官に、若き国王は、目を細めて頷いた。

「私にも覚えがある。先へ進むのが楽しくて、楽しくて……ひどい目にもあったが」

懐かしげに首筋を擦る仕草の意味は、女神官にはまるでわからなかった。

だが同時に、それがこの御方の経てきた冒険の思い出であることは、わかった。

この人だけが知っている、余人には想像もつかない、大切な冒険の思い出。

――自分にも。

そんな冒険の思い出はある。ほんの数年分。そしてこれから先ずっと。抱えきれないほどに。

「……」

若き国王は、そんな女神官の思いを汲み取ったのだろうか。

わずかに頰を緩めると、それが束の間の幻であったかのようにきゅっと唇を結んだ。

そして、女神官が思わず息を吞むほどに真剣な面持ちで、ただぽつりと、一言を告げた。

「妹とは、仲良くしてやってくれ」

「はいっ」

女神官はやはり一瞬の躊躇《ちゅうちょ》もなく、当然のことのように応じた。

「お友達ですから！」

そこには忖度《そんたく》も、世辞の類《たぐい》も、何一つ混ざっていなかった。

国王はその朝日のような彼女の表情を、目を細め、しばし見つめた。

そして言葉を空中に求めるように押し黙った後、ゆっくりと、一言を彼女に伝えた。

「兄として、礼を言う。ありがとう」

「いえ、その、……ええと、はい」

女神官はてれてれと頰を搔いたあと、こほんと軽く、咳払いを一つ。

「あ、えと、その、では、わたしはこれで失礼致します」

みんなが待っていますのでと暇をつげて、女神官はぺこりと頭を下げた。

そして帽子をかぶり直すと、小鳥のようにとととと小走りに王城の廊下を駆けていく。

若き国王はその背中をしばし黙って見送ると、やがて踵《きびす》を返し、歩き出した。

冒険者と王の会話は、短ければ短いほど良い。

そういうものだし――そうあるべきなのだから。

それを国王は、誰よりも良く理解していた。

§

「あーもう、勝てなかったぁーっ！」

「うっせえなあ……」

底抜けに脳天気な青空の下、具足箱を積んだ驢馬《ろば》がのたのた呑気な調子で街道を歩いていた。

手綱を取って歩く少年の横では、言葉同様の気持ちを全身で現す圃人《レーア》の少女の姿。

彼女は腕を大きく振り回し、その悔しさを一切隠すこと無く表現しながら、歩く。

お陰で片耳が痛くて仕方ない少年魔術師は、深々と溜息を吐いて、言った。

「あの騎士をばっかーんとぶっ飛ばした時が絶頂だったよなあ」

「うあああ……落馬、落馬するとか、ありえないぃー……」

今度は往来――街道上で頭を抱えて蹲《うずくま》るのだから、少年としても立ち止まらざるを得ない。

驢馬は珍妙な主人たちの様子を気にもとめず、かぽかぽと蹄を鳴らしている。

実際、良く頑張ったものであった。

ただの驢馬でありながら軍馬の類と渡り合った辺り、なかなかの傑物《けつぶつ》であったといえよう。

故に敗戦の責任は全面的に圃人の少女にある。

先の試合でさんざか大暴れした彼女は、結局疲れ果て、次の試合であっさり突き落とされた。

もっとも彼女を打ち負かした騎士もまた、結局決勝には行けなかったけれど――……。

「……あーもう……」

ごろんと、圃人の少女は、街道脇の草原に躊躇なく寝転がり、両手を広げた。

それを見下ろして、少年魔術師は至極当たり前の事を言う。

「道端だぞ」

「四方世界の一マスなことにはかわりありませーん」

裸足《はだし》をパタパタと振りながらの言葉に「そりゃ屁理屈だろ」と一言。

けれど少年魔術師はソレ以上咎める事もなく、どすんと彼女の隣に座り込んだ。

「……まあ、まだまだだってコトだろ」

「……だねえ」

思い返せば、誰も彼も強者揃いで、その中に自分たちが紛れた事がおかしいのだ。

例えば――記憶に残る試合は幾《いく》つもあったけれど――そう、例えば。

交易神の法衣を纏《まと》った騎士と、金剛石の騎士なる人物の対決は凄まじいものだった。

どちらが勝ったのかについては、あえて語るべき事でもあるまいが――……。

「すごかった、ねえ」

「……だなあ」

二人は風のそよぐ広野と、青空とを眺めながら、ぼんやりと語り合った。

悔しさはあった。残念だと思う気持ちもある。けれど、後悔の類は一つもなかった。

——まだまだ上はあるし、まだまだ前にも行ける。

ただただ、それだけの事だ。

第一考えても見れば、初めてこの手の大会に出場して、良いとこまで行ったのだ。

それで落ち込む必要が何処にある。初出場初優勝できないのが不満だなんて、傲慢《ごうまん》だ。

この成績は、堂々たる自分の成果だ。自分たちの、成果だ。

「…………よしっ」

「わあっ⁉」

気合を入れて立ち上がると、隣で寝転んでいた少女が驚いたような声を上げた。

彼女がひょいとしなやかな腹筋だけで上体を起こし、此方を見上げてくる。

「気合入ってるじゃん」

「ったりめえだろ、時間は無限にあるけど、有限なんだ。もたもたなんかしてらんねえぞ」

「旅を楽しむゆとりってゆーのも大事だけどね」

よいしょっと。少女はけらけら笑いながら、すっくと立ち上がり、尻についた草の葉を叩く。

「次は何処に行くの？」

「決めてねえ」と少年はニヤッと笑って言った。「素直に爺のとこに戻る気はないだろ？」

「寄り道の提案なら大賛成」

悪戯《いたずら》を思いついた悪童のように、圃人の少女も笑い返す。

行く先はまあ、決まっていない。けど、目的地は明白だ。

「地上最強の大剣士！　そのためにも、あたしより強いやつに会いに行こう!!」

「会ってきた後だけどな」

「そういう事言わない！」

二人は小突きあい、笑いあいながら、驢馬を引いてまた街道を歩き出す。

いずれは最強。いずれはドラゴン。道のりは果てしなく遠く、長い。

だが間違いなく、彼ら彼女らは一歩ずつ、前へと進んでいた。

§

「お疲れ様でした！」

がたごとと揺れ動く帰路の馬車の中で、受付嬢はそう言ってにこやかに微笑んだ。

これまでの様々な、諸々の大苦労をすべて一言で済ませてしまうのは、流石《さすが》の胆力である。

――本当に、色々でしたしねえ。

対面の席に座した薄汚れた鎧姿の冒険者は、彼女に対してこっくりと頭を上下させ、頷く。

「なかなかに、手こずった」

「一人欠けていましたものね、いつものパーティから」

「かもしれん」

そんな素っ気ない返事に、受付嬢はくすくすと笑いを転がし、口元を貞淑に掌で隠した。

傍《かたわ》らに座る女神官が、エルフのように耳を大きくして聞き入って、俯くのが見えたからだ。

――少しは自信がついてきたと、思うんですけどね。

それでもまだ褒められ慣れていないというか、なんというか。

あまり自信過剰になられても困るので、コレぐらいがむしろ可愛いのかもしれない。

「それで、そっちはどうだったの？」

大変だったでしょ、と。妖精弓手《エルフ》が窓からそよぐ風に髪を撫でさせながら、水を向ける。

「はい」と女神官がこくこく頷くのに合わせ、牛飼娘が、悪戯っぽく唇を緩ませた。

「すっごく格好良かったんだよ？」

「か、かっこいいか、はともかく……！」

顔を赤らめた女神官は声を上擦らせ、けれど「ん、ん」と喉《のど》を鳴らして、頷く。

「……頑張りました！」

「へえ、良いじゃない」妖精弓手の瞳が、星のように煌《きら》めいた。

「聞かせて、聞かせて！」

「で、では、僭越ながら……」

こほんと小さく咳払い。そして始まるのは、お姫様に身をやつした神官の冒険だ。

慣れぬ装束。見知らぬ人々。頼りになるのは付き合ってくれた友人二人だけ。

王侯貴族と対面し、騎士と会話し、式典に出て、そこに顕《あらわ》れる怪物たち――……。

それは実に立派な英雄譚、冒険譚の一幕のようで、気づかぬは当人ばかりなり。

御者台で蜥蜴僧侶《リザードマン》と鉱人道士《ドワーフ》が何やら言い合っている、愉快そうな気配も聞こえる。

穏やかで、和やかな、平穏で幸福な、旅の終わり。

受付嬢はその温かい空気を胸いっぱいに吸い込んで、そっと膝を、目の前の人へと寄せた。

「それじゃあ私は、ゴブリンスレイヤーさんの冒険について伺いましょうか」

「む」と鉄兜《てつかぶと》の奥、低く唸る声。「俺か」

「はい」受付嬢は、微笑んだ。「あなたの、冒険です」

そう言って、彼女はちらりと牛飼娘の方を見た。

彼女は今、女神官が妖精弓手に両手を広げて語る冒険譚の、補佐役を務めているらしい。

あの時はああだった、こうだった。合いの手の一つ二つ入るだけで、物語は弾むもの。

当然此方に気を配る余裕はなさそうだ。

――まあ、西に戻ったら……。

彼女の手番なのだし、その前に此方が少し手番を回させてもらっても悪い事はないだろう。

この人の冒険譚を真っ先に聞く特権くらいは、しっかり確保してても良いはずだ。

いつか彼が立派な冒険者となる日まで。竜退治の逸話を、最初に聞く時まで。

――だって、それが私のやり方なんですから！

「それで、どんな冒険だったんですか？」

「そうだな……」

ゴブリンスレイヤーは少し考えてから、言った。

「ゴブリンがいた」

あとがき

ドーモ、蝸牛くもです！

『ゴブリンスレイヤー』十六巻、楽しんで頂けましたでしょうか？

せいいっぱいに頑張って書きましたので、楽しんで頂けたら幸いです。


今回は王都でゴブリン退治の依頼を受けてゴブリン退治をする話でしたね。

馬上槍試合！　トーナメント！　ロック・ユー！

一度がっつりこれを題材にした作品を描きたいなあと思っていたので、やりました。

良いですよね、馬上槍大会。裏で蠢《うごめ》く政治的なあれやこれや。そして正体を隠した謎の騎士。

いったい何エドワード黒太子《こくたいし》なんだ……。リチャード一世かカール十一世の可能性も。

ともあれゴブリンスレイヤーにできる事はゴブリン退治なので、ゴブリンを退治しました。

華やかな舞台で派手に大暴れするのとは、また違った冒険が彼には待っているのです。

世界っていうのは色々な人が色々な事をやって、それで回っているものです。

自分がちっぽけな一人に過ぎないという事実は、多くの人にとって耐え難《がた》いのでしょう。

だからこそ『影との戦い』は困難で……それを乗り越える事は、素晴らしい事なのです。

本作もその例に漏れず、いろんな人のご協力のお陰で形になっています。

編集部の皆さん、出版流通宣伝販売等々に関わってくださっている方々。

今回も素晴らしい挿絵《さしえ》を描いてくださった神奈月昇《かんなつきのぼる》先生。コミカライズの黒瀬浩介《くろせこうすけ》先生。

応援してくださる読者の方々、ウェブ版からのファンの皆さん、まとめサイト管理人様。

そしていつも一緒に遊んでくれているゲーム仲間、友人のみんな。

此処《ここ》に書ききれないくらい大勢の人のお陰です。

いつもいつも、本当にありがとうございます。


そうした皆さんのお力あって、あれやこれや、色々とやれる事も増えてきそうです。

まあ、相変わらず私はいっぱいいっぱいで、正直あっぷあっぷしてはいるのですが！

おかしいな、『鍔鳴の太刀《ダイ・カタナ》』がついこの間完結して余裕ができたはずなのでは……？


さて、此処のところ迷宮探検競技や北海、王都とあっちこっちに行きました。

なので次の巻はゴブリンが出たからゴブリン退治をする話になる予定です。

こちらも頑張って書きますので、楽しんで頂けたら嬉しく思います。

では、また。

ファンレター、作品の
ご感想をお待ちしています

〈あて先〉

〒106－0032
東京都港区六本木2－4－5
ＳＢクリエイティブ（株）
GA文庫編集部 気付

「蝸牛くも先生」係
「神奈月昇先生」係

本書に関するご意見・ご感想は
右の QR コードよりお寄せください。

※アクセスに発生する通信費等はご負担ください。

https://ga.sbcr.jp/

ゴブリンスレイヤー 16

発　行	2022年7月31日　初版第一刷発行
著　者	蝸牛くも
発行人	小川 淳
発行所	SBクリエイティブ株式会社

〒106－0032
東京都港区六本木2－4－5
電話　03－5549－1201
　　　03－5549－1167（編集）

装　丁　AFTERGLOW

印刷・製本　中央精版印刷株式会社

定価はカバーに表示してあります。

ISBN978-4-8156-1346-4
Printed in Japan　GA文庫

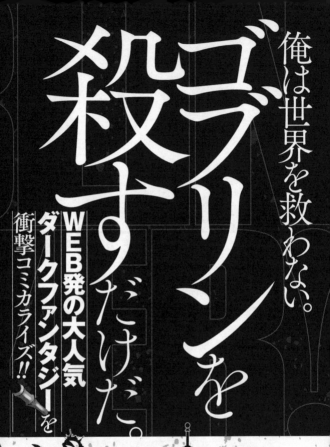

BG COMICS ビッグガンガン
SQUARE ENIX.
コミックス最新⑬巻
2022年8月25日発売予定!!
※地方により新刊発売日が異なります。
月刊ビッグガンガンにて大人気連載中!!
(スクウェア・エニックス刊　毎月25日発売)

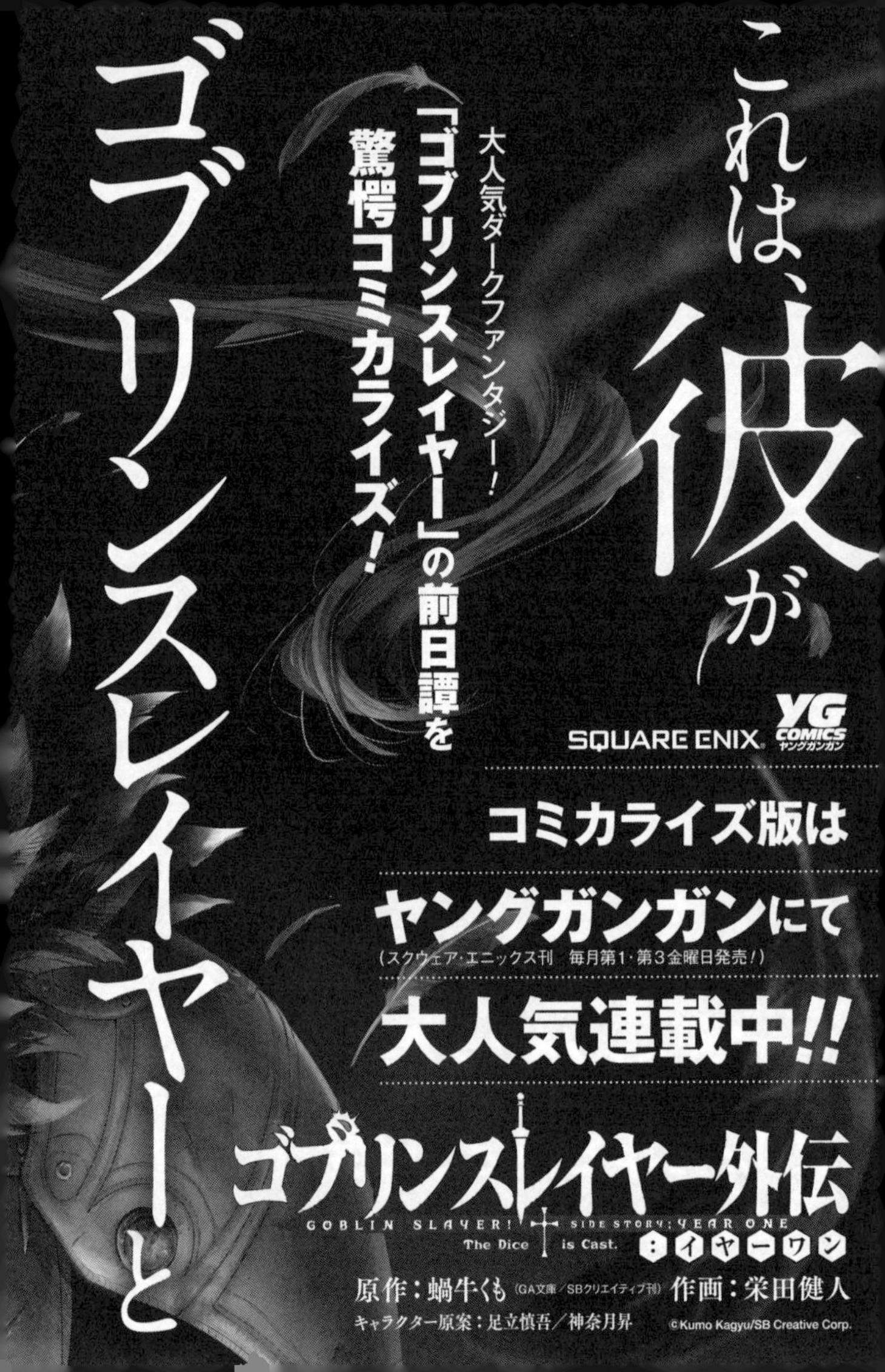
これは、彼が
ゴブリンスレイヤーと
大人気ダークファンタジー！
「ゴブリンスレイヤー」の前日譚を
驚愕コミカライズ！
SQUARE ENIX.
YG COMICS ヤングガンガン
コミカライズ版は
ヤングガンガンにて
（スクウェア・エニックス刊　毎月第1・第3金曜日発売！）
大人気連載中!!
ゴブリンスレイヤー外伝
GOBLIN SLAYER! SIDE STORY: YEAR ONE
The Dice is Cast.
：イヤーワン
原作：蝸牛くも（GA文庫／SBクリエイティブ刊）作画：栄田健人
キャラクター原案：足立慎吾／神奈月昇
©Kumo Kagyu/SB Creative Corp.

呼ばれるようになる
物語。
コミックス第9巻
2022年8月25日
発売予定!!!!!!
※地方により新刊発売日が異なります。

SQUARE ENIX
GC UP!
ゴブリンスレイヤー外伝2
鍔鳴の太刀《ダイ・カタナ》
DAIKATANA
The Singing Death
後に「英雄」と呼ばれる一党の
果てなき迷宮攻略譚――。
イラスト・青木翔吾
コミックス①～④巻大好評発売中!!
（スクウェア・エニックス刊）
B6判
原作：蝸牛くも（GAノベル／SBクリエイティブ刊）
作画：青木翔吾
キャラクター原案：lack
コミックス最新⑤巻
2022年8月25日発売予定!!
©Kumo Kagyu / SB Creative Corp. キャラクター原案 lack

第15回 GA文庫大賞
GA文庫では10代～20代のライトノベル読者に向けた
魅力あふれるエンターテインメント作品を募集します！
世界を書き換えろ！
イラスト／ファルまろ
大賞賞金300万円＋ガンガンGAにて、コミカライズ確約！
◆募集内容◆
広義のエンターテインメント小説（ファンタジー、ラブコメ、学園など）で、日本語で書かれた
未発表のオリジナル作品を募集します。希望者全員に評価シートを送付します。
※入賞作は当社にて刊行いたします。詳しくは募集要項をご確認下さい。
応募の詳細はGA文庫
公式ホームページにて
https://ga.sbcr.jp/